『英国小説研究』同人

英国小説研究

第 25 冊

英宝社

第25冊　目　次

「情報」がカネを産む　　　　　　　　　　　　　　　井石　哲也　5
　　——18世紀イギリスの貸本屋と
　　　　出版文化の仕掛け人たち——

都市型作家の誕生　　　　　　　　　　　　　　　　　新野　　緑　28
　　——『骨董屋』に見るディケンズの自己形成——

ハーディの『窮余の策』と英(イギリス)ロマン派　　　森松　健介　56
　　——G. クラブ、P・B・シェリーとオースティン——

「不運」の美学　　　　　　　　　　　　　　　　　　廣野 由美子　77
　　——『帰郷』に見られるハーディ文学の特質——

マーガレット・シュレーゲルと「おぞましきもの」　　金谷　益道　101
　　——『ハワーズ・エンド』における動物性の問題——

『遠い山なみの光』における差異と反復　　　　　　　永富　友海　129

　あとがき　155

「情報」がカネを産む
——18世紀イギリスの貸本屋と出版文化の仕掛け人たち——

井石　哲也

　21世紀に入り、日本では「ケータイ小説」(携帯電話を使用して執筆し、閲覧される小説)が出版界の大きな話題になった。以後、ケータイ小説は一代ブームとなり、たとえば2007年度の「文芸書ベストセラー・ランキング」において、ベストテンの半数を占めたのがケータイ小説であった。ケータイ小説は、携帯メール同様、携帯電話の文書作成機能を用いて横書きの書式で書かれる。作品はインターネット上の専門サイトで公開され、携帯端末からアクセスすれば、誰でも、携帯電話の小さな画面上で、無料で読むことができる。さらにブック・レビューに書き込まれる読者からの評価やアクセス数(画面上で読まれた回数)がランキングの上位になった作品は、一般書籍、つまり「紙媒体の本」として出版され、書店の店頭に並ぶという仕組みが生まれた。

　今やケータイ小説専用サイトのユーザー数は800万におよび、女子中高生がその大半を占めている。タイトル数は既に100万をゆうに超え、うち100作品以上が書籍化されているという勢いである。これまでのケータイ小説最大のヒット作であり、書籍化に次いで映画化もされた『恋空』(2007)は、初版が出版1か月で上下巻計100万部を突破、映画興行収入も約40億円を記録した。またインターネット上の巨大掲示板への書き込みを原テクストとする小説として2005年に登場した『電車男』以後、ケータイで書かれ、ケータイで読まれる、この新たな異色小説の顕在化と隆盛は、出版不況といわれて久しい日本の出版界における一大事件であり、さらには21世紀の出版界が向かう方向性を示唆していると言えるかもしれない。

　本稿で取り上げる、18世紀イギリスの出版界もまた、変革の時

を迎えていた。1695年の「出版物事前検閲法」(Licensing Act)撤廃と、それに続く1710年の「著作権法」(Copyright Act)施行以後、出版事情に大きな変化が起こった。1712年に、ダニエル・デフォー (Daniel Defoe, 1660-1731) は、自ら編集していた雑誌『レヴュー』(*Review*)の中で、「(これからは)「印刷」があらゆる領域に浸透し、書き物が「活字」になって流通する」と、手書きから活字の時代への移行を指摘している。出版物の急増、特に新聞、文芸雑誌、小説の普及は読者層の拡大を促し、更にパトロン制度の衰退に伴う書籍商の台頭、貸本屋の流行、職業批評家の登場と批評誌の隆盛等の諸現象は、相互に連関しながら出版を一大産業へと変貌させていく。いかに「本(情報)」を「売り」、流通させるかが重視されたのが18世紀であり、現代の出版における問題との共通性がうかがえる。本稿では、当時の出版事情を、主に小説出版に関わった「書籍商」(bookseller)、そして「貸本屋」(circulating library) の登場と普及とを軸に考察し、さらにその特質を、現代の出版形態との対比において捉えてみたい。

図版① ロンドンの書籍商街パタノスタ・ロウ (Paternoster Row, the north part of St. Pauls)、1720年[1]

1 18世紀イギリス出版界の変貌

　この時代の出版文化について考える際には、最初に18世紀の書籍商の重要性を指摘しておかなければならない。彼らは単に本を「売る」だけの存在ではなく、作品の版権を獲得して印刷を専門業

者に依頼し、完成した本を宣伝、かつ自分の書店で販売（小売り）するなど、その業務内容は多岐にわたっていた。18世紀初頭に施行された「著作権法」は、作家から版権（著作権）を買い取った書籍商が、後述する版権期間中は作品を自由に再販する権利を保障するものであり、作家側はいったん版権が買い取られるとその作品に関する全ての権利を失い、印税の要求は原則として認められていなかった。

ただし「著作権法」が規定する版権期間には、14年（施行後の出版物・著者が生存の場合は14年の延長が可能）ないし21年（施行前の出版物）の制限があった。これは「出版物事前検閲法」失効以前には慣例的に許容されていた版権の永代所有を否定するもので、書籍商たちに不安と結束の必要性を感じさせることとなる。ロンドンでは100名規模の「ロンドン書籍商組合」(Stationers' Company) が組織され、市場の独占化を図った彼らは、食欲旺盛な魚のアナゴ(conger)、つまりは「貪欲な出版者」と呼ばれた。彼らが時に一冊の本の版権を仲間内で分割所有するなどして、出版に伴うリスクを軽減しようとしたのには、「著作権法」施行以後の経営不安がその背景にあったといえる。

書籍商たちにとって、「著作権法」は、その適用範囲にも問題があった。当時、人気を博した本をリプリントして安価で販売するいわゆる「海賊版」が横行し、「著作権法」はその取り締まりに効力を発揮するはずであった。ところが同法では版権の効力はイングランド及びスコットランドに限定され、アイルランドは法の適用範囲外であったため、多くのダブリン書籍商が、版権を持たない書物を自由に販売する事態を招き、ロンドン書籍商との間に確執を生むことになる。

2　「作家」と「書籍商」そして「読者」

このような動向の中、作家やそれを取り巻く環境はどのように変

化したのだろうか。作家の地位を保証する印税制度が正式に導入されるのは19世紀後半を待たねばならないが、それでも18世紀の出版界は、作家にとっても確実に変貌を遂げていたのである。

　作家の数は急増し、出版タイトル数も18世紀だけで三倍近くに達した。[2] 作家が地位と名誉ある人物に作品を捧げ、代わりに経済的援助を受けて出版を行う、いわゆる「パトロン制」は次第に衰退し、代わって作家の書籍商への依存度が増していった。また当時しばしば行われた出版形態に「予約出版」がある。これは元々、出版の資金調達のため、17世紀から行われてきた購読者先払いのシステムであったが、18世紀後期にはその目的が変化してくる。1768年、既に小説『トリストラム・シャンディ』(*Tristram Shandy*, 1760-1767) で名声を確立していたローレンス・スターン (Laurence Sterne, 1713-1768) の晩年期の小説『センチメンタル・ジャーニー』(*Sentimental Journey*, 1768) には、貴族や当時の著名人を含む、およそ200名にも及ぶ予約者名リストが掲載されている。これは、予約出版というシステムの目的が、資金集めというよりはむしろ、作品を宣伝し、同時に作家のステイタスを誇示することにあることを示すものといえる。作家は自作が多くの人、位の高い人、著名人に読まれていることを世間に知らしめ、読者は人気作家のベストセラーに群がったのである。

3　ベストセラー小説の出版戦略——『パミラ』

　18世紀の読者層形成において重要な役割を担ったのが、小説とその流通であることに異論はないだろう。特に、自ら書籍商を兼ねていたサミュエル・リチャードソン (Samuel Richardson, 1689–1761) による『パミラ』(*Pamela*, 1740) が登場し、新ジャンルとしての「小説」人気をけん引した1740年代前半は、作家と書籍商が連携して利益を追求し、出版がその商業主義的傾向を強めていく時期に当たる。

『パミラ』は、当時その内容から、出版界、読書界をパミラ派、アンチ・パミラ派に二分しての激しい道徳論争を誘発している。それのみならず、この一編の小説は、出版市場における書籍商たちの利害関係をはらんで、原作のパロディ、贋作などのいわゆる「アンチ・パミラもの」テキスト群に加え、戯曲版の上演、パミラ蝋人形館の公開などといった、様々なジャンルのパミラ関連出版物、果ては扇などの「パミラ・グッズ」にいたるまで、多種多様な「商品」を生み出したのである。その背景に、作者リチャードソンの、極めて自覚的な出版戦略があったことは、これまでほとんど知られていなかった。リチャードソンは、新聞広告を利用するほか、知人である牧師に対し、説教壇から『パミラ』を宣伝するよう依頼するなど、自作の流通に積極的に関与していたことが最近の研究で明らかにされている。[3] また後述するように、この時期、いわゆる「貸本屋」が徐々に普及し、またウイリアム・ホガース (William Hogarth, 1697–1764) の版画に代表されるビジュアル・アーツも本格的に広まっていった。リチャードソンは、多岐にわたるメディアに言説を変貌させることで、作品が大衆により一層浸透するよう目論んだ。人々は多様化しつつあった流通経路によって、『パミラ』とその関連出版物を、買って、あるいは借りて、手にすることができた。このように、リチャードソンによる小説『パミラ』の「メディア・ミックス」生成を、当時の出版事情を背景にした他のジャンルとの関係性においてとらえ直してみると、これまでの道徳的作家としてのリチャードソン像が、「仕掛け人」すなわち戦略的企業家というイメージに変貌してくるのである。

4　貸本屋の登場

次に18世紀イギリスの貸本屋と読書との関係について考察してみよう。書籍が高価だったため、個人での購入が難しかった時代、小説1冊が数ペンスで借りられるシステムがうけて貸本屋は急成

長する。また道路の舗装、運河、鉄道、馬車のスピード化などの交通網の発達も、地方の書店とロンドンの書籍商との取り引きを活性化し、全国規模の出版流通ネットワークを構築した大きな要因といえるだろう。貸本屋は都市、田舎を問わず、人々にとっての重要な情報の流通拠点となり、世紀末にはイギリス全土で一千軒以上を数えるほどに発展を遂げる。

　貸本屋は、1720年代にロンドンのほか、バースをはじめとする保養地に登場し始めた。前述のリチャードソンの仕事仲間であったジョン・リーク (John Leake) の息子、ジェイムズ (James Leake, 1686-1764) が1728年に高級保養地バースに開業した貸本屋は、特に上流階級の社交の場として機能し、発展した貸本業の最初期の例である。リーク一族はその後1750年に3店、1800年までに10店の貸本屋を経営するにいたった。一方、一般庶民を対象とした貸本業として、特に『パミラ』論争などの小説人気に乗じる形で、1742年に書籍商サミュエル・ファンコート (Samuel Fancourt, 1678–1768) がロンドンで貸本屋を開業したのをきっかけに、他の書籍商もこぞって貸本屋業兼業の形で参入してくることになる。

　貸本屋のほとんどは、本の貸し出しに関して会費制のシステム（1年あるいは半年、または3か月＝Quarter単位）をとっており、単行本の出版部数も少なく、高価で個人購入が難しかった時代にあって、レンタルによる読書（習慣）が加速的に流行することになった。[4]

貸本屋の年会費（ロンドンの例）

1758年	Thomas Lownds	10シリング6ペンス (3シリング (Quarter))
1778年	John Bell（図版②参照）	12シリング（4シリング (Quarter)）
1785年	Minerva (by William Lane)	16シリング（5シリング (Quarter)）

「情報」がカネを生む　　11

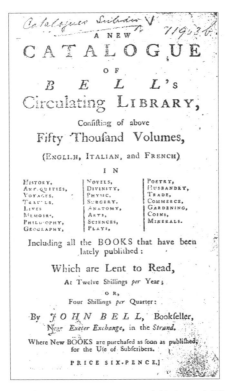

図版②　ベル貸本屋のカタログ表紙（1778年版）

そのコレクションは小説のほか、歴史本、旅行ガイド、自伝（書簡集）が主流で、各書店によって若干異なるが、分野的には宗教、社会科学、文学、歴史・地理の４つに大別されるなど、店が独自にカタログを発行する形をとっていた（図版②③参照）。

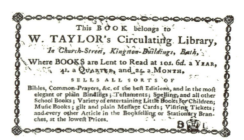

図版③ W. テイラー貸本屋の蔵書票（Bath, 1770 年）

5 「仕掛け人」レインと貸本屋の隆盛

　貸本屋数の急激な増加については、いくつかの付随的理由があると考えられる。まず、前述のファンコートの場合のように、既に書籍商を営んでいるか、あるいは全く別の職業者が、貸本屋を「兼業」し、その数を増やしながら、それらがチェーン店化し、モノと情報の流通拠点となっていったことが挙げられる。

　1780 年代初頭に貸本屋兼印刷工房「ミネルヴァ・プレス」(Minerva Press) を開業したウイリアム・レイン (William Lane, 1746-1814) は、自らが中心となって、全国の貸本屋で多数流通させて利益を狙うための「大衆小説」を数多く出版した。このため、貸本の普及は、結果的に小説の質までを左右することになっていく。たとえば、『多感の過ち』(The Errors of Sensibility, 1793) は、刊行当初から大人気となり、レインに大きな利益をもたらした（図版④参照）。[5] し

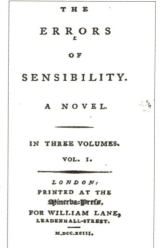

図版④『多感の過ち』1793 年、ミネルヴァ・プレス刊

たがって当時は、文学的価値はあまり問題にされず、読んだ後は忘れ去られるたぐいの「読み物」も多数出版されることになった。1770年代には、ヘンリー・マッケンジー (Henry Mackenzie, 1745-1831) の『感情の人』(*Man of Feeling*, 1771) に代表される「センチメンタル小説」(Sentimental Novel) の隆盛がある。そしてその主たる読者は貸本屋で本を手にする中流階級の女性たちであった。

ここではR.B. シェリダン (Richard Brinsley Sheridan, 1751–1816) の劇『恋敵』(*The Rivals*, 1775) に登場するロマンス指向の女性、リディア・ラングウィッシュ (Lydia Languish) と、貸本屋へのお使いから帰ってきたメイド、ルーシー (Lucy) とのやりとりを見てみよう。

「さあルーシー、ここにある本を隠してちょうだい。早く、急いで!『ペレグリン・ピクル』は化粧台の下へ、『ロデリック・ランダム』は戸棚の中に、『無垢な密通』は『人間の義務』の中に挟むのよ…『感情の男』はあなたのポケットの中に入れて。それがすんだら『シャポーン夫人』を目のつくところに置いて、『フォーダイスの説教集』はテーブルの上に置くのよ。」(第1幕2場)

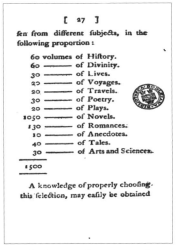

図版⑤「貸本屋開業マニュアル」(1)

男性の接近を察知したリディアは慌てて本を隠し、まじめな読書をしている様を装う。確かに、もともとフィクションに対する社会的評価は必ずしも好意的ではなく、一部のピューリタンが事実でない

内容の記述を嫌ったとか、特に女性は目立たぬように小説を読まなければならないという偏見が存在していた当時の様子が諷刺されている。また同じ場面でルーシーは借りてきた本のタイトルを詳細に報告する。

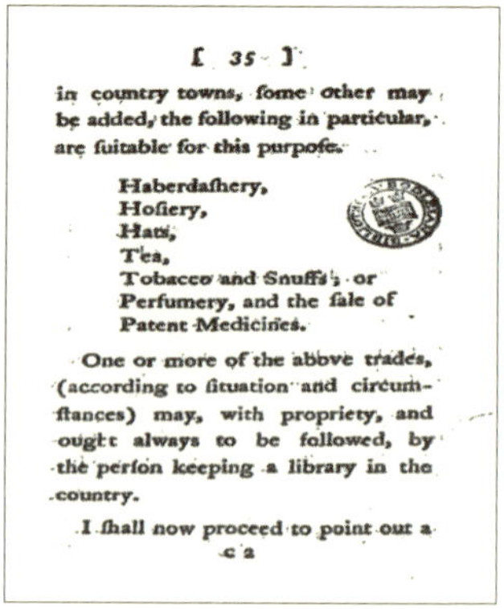
[35]

in country towns, some other may be added, the following in particular, are suitable for this purpose.

Haberdashery,
Hosiery,
Hats,
Tea,
Tobacco and Snuffs; or
Perfumery, and the sale of
Patent Medicines.

One or more of the above trades, (according to situation and circumstances) may, with propriety, and ought always to be followed, by the person keeping a library in the country.

I shall now proceed to point out a

c a

図版⑥ 「貸本屋開業マニュアル」(2)

> 「ほら、お嬢様。(コートの下や、ポケットから本を取り出して) これが『難題』で、…これが『感性の涙』と『ハンフリー・クリンカー』です。それから、『身分あるレディ自筆の回想録』と、『センチメンタル・ジャーニー』の第2巻でございます。」(同上)

ここで貸本屋は「邪悪な知識の常緑樹」(a circulating library in a town is as an evergreen tree of diabolical knowledge) として揶揄されているが、それは同時に、時代感覚を鋭敏にとらえるバロメーターでもあったのだ。

またレインは貸本屋経営にフランチャイズ制を導入した点でも注目すべきである。貸本屋が割に合うビジネスであることを自ら示したレインは、チェーン店を募り始めた。借りた本を別のチェーン店で返却できるメリットも好評で、フランチャイズ展開は成功、ロンドンだけでなく、地方においても貸本屋の

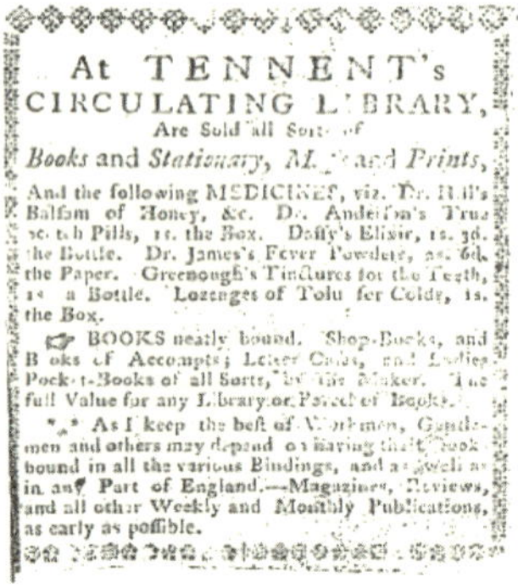

図版⑦ 薬局兼業(1780年 Bathの例)

数が急増した。

次に貸本屋絶頂期ともいえる18世紀末の「貸本屋経営マニュアル」の一例を見よう（図版⑤⑥参照）。[6] これに倣えば、まず開業に当たっては、最低1,500冊の在庫が必要であり、そのうち小説の割合を3分の2に設定し、全体を構成せよということになる。さらに地方で開業する場合は、商品は書籍だけに限定せず、紅茶、タバコ、香水、薬などを追加する方法を推奨している。

AT WOOLL'S
British Circulating Library,
NO. 32, HIGH-STREET, SHEFFIELD;
THE FOLLOWING ARTICLES ARE SOLD AT THE LOWEST PRICES, viz.

↓

Bibles, Testaments, Common Prayers, Primmers, Reading made Easy, Battledores, Spelling Books, Pleasing Instructors, Exercises in Elocution, and every kind of School Books.
Pocket Books, Letter Cases, Asses Skin, Slate Paper, and Ivory Memorandum Books.
Almanacks and Ladies' and Gentlemens' Annual Pocket Books, at the Season.
Black and Red Lead Pencils, Elastic Rubbers, Colours in Shells and Cakes, Camel-hair Pencils, and every article for Drawing.
Maps, Charts, Mezzotinto and Engraved Prints, Caricature Prints, Music and Musical Instruments.

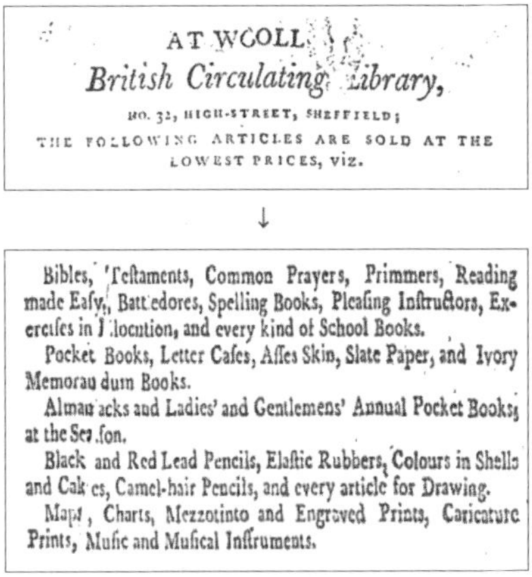

図版⑧　貸本屋は雑貨屋（1795年 Sheffield の例）

貸本屋は当初はほとんどが本のみを扱うのが通例であったが、次第に雑貨を客に紹介、販売するようになった。例えば「ジェイムズ博士の熱冷まし」とは、当時最もよく売れていたかぜ薬のひとつ

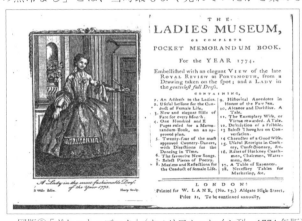

図版⑨「ポケット・ブック」（ウィリアム・レイン刊、1774年版）

である(図版⑦⑧参照)。また書籍関連商品として、1760年前後から若い女性の間で流行し始めた小型手帳の存在は見逃せない。「ポケット・ブック」(pocket book)とは、今日の「能率手帳」的な便利情報を掲載した、当時でいえば12折り版サイズの手帳で、毎年秋に発売され、口絵には最新のドレスを纏った女性のイラストが紹介されることが慣例となり、女性必携のファッション・アイテムとなった(図版⑨参照)。前述の『恋敵』に登場する、貸本屋へのお使いが日課であったメイドにとって、それは現代人がコンビニに行くような感覚だったのかも知れない。

6 「安売り王」ラッキントンの台頭

　小説を中心に、貸本ビジネスが普及していく一方で、ロンドンの書籍商たちは、「著作権法」による版権保護期間に満足せず、自らがいったん版権を買い取った書物についての永久版権を主張して、依然として版権争議を繰り返していた。しかし1770年代になって、ついにこの問題に終止符が打たれる時がやってくる。ジェイムズ・トムソン(James Thomson, 1700 –1748)の詩『四季』(*The Seasons*, 1730)の再出版をめぐって争われた1774年の「ドナルドソン対ベケット裁判」、すなわち同業者のベケット(Thomas Becket)によって、版権の分割所有から閉め出されたスコットランド書籍商ドナルドソン(Alexander Donaldson, 1727-1794)が、著者トムソンの死後に出版権を主張して勝訴した裁判において、永久版権は完全に否定されることになった。これ以後は、「著作権法」の有効期限が過ぎた著作はすべて、公共の所有物として多数の書籍商によって自由に出版されるようになる。ドナルドソンの勝訴は、以後有名作品のリプリント数を急増させることになるとともに、貸本屋ビジネスの拡大にも影響を及ぼす、画期的な出来事であったと言えるだろう。

　もともと靴職人であったジェイムズ・ラッキントン(James Lackington, 1746-1815)が、ロンドンのフィンズベリーに大規模な

貸本屋 Temple of the Muses を開業したのは、「ドナルドソン事件」が決着した直後、1774 年のことである（図版⑩⑪参照）。勝訴したドナルドソンは、実は既にその 10 年前の 1764 年に、ロンドンの書籍商による市場独占化に対する懸念を、パンフレットの形で公にしていた。その後、勝訴にいたるまでの長い経緯を考える時、ラッキントンがこの裁判の行方に注目するとともに、ドナルドソン

図版⑩　ラッキントンの肖像

の勝利を予見し、出版市場に参入する準備を着々整えていたとみることもできよう。ラッキントンの『回想録』(*Memoirs of the First Forty-five Years of James Lackington*, 1792) の中の、次の指摘に特に注目してみたい。

図版⑪　豪奢な 'Temple of the Muses' 屋内

LACKINGTON's Catalogue for 1792.

CONSISTING OF

One Hundred Thousand Volumes,

In various Languages and Classes of Learning;
Including many valuable Libraries
Lately purchased.

With many Articles but just published;

A very large Number in an uncommon Variety of plain, elegant and superb Bindings.

Also many scarce, old, and valuable Books.

FOLIO.
Grævius et Gronovius, &c. 37 vol.
Museum Florentinum, 7 tom.
Encyclopedie, 28 tom. *Geneve*
Le Sacre de Louis XV.
Edmondson's Copperplate Peerage, 6 v.
Montfaucon, Antiquites, G. P. 10 tom.
Fables de Fontaine, 4 tom.
Millar's Plants, *coloured*
Catesby's Carolina, 2 vol. *coloured*
Description du Danube, 6 tom.
Bailey's Mechanics
Albinus's Tables
Foulis's superb editions
Gough's Camden, 3 vol.
Campbell's Vitruvius, 2 vol. L. P.

QUARTO.
Grose's Works, 13 vol.
Edwards's Nat. Hist. 7 vol. *coloured*
Voyage Pittoresque, 13 tom.
Wilkes's Butterflies, *coloured*
Pennant's Works, 14 vol. *russia*
Baskerville's Classics, 7 tom.

OCTAVO, &c.
Buffon, 43 tom. *coloured*
Goldsmith's Nat. Hist. 8 vol. *coloured*
Brindley's Classics, 24 vol.
Universal History, 60 vol.
Johnson's Poets, 75 vol. *morocco*
Monthly Review, 68 vol.
Critical Review, 56 vol.
Pickering's Statutes, 36 vol.

By J. LACKINGTON,

At his Shop, No. 46 and 47, *Chiswell-Street, Moorfields,*
LONDON.

Where Libraries or Parcels of Books are purchased on a new Plan, by which the Seller is sure to have the utmost Value in ready Money, or in other Books.

*** Not an Hour's Credit will be given to any Person, nor any Books Exported, or sent into the Country, before they are paid for.

Catalogues may be had at the Shop, and of Mr. C. H. LACKINGTON (*Private House*) No. 12, Charles-Street, St. James's-Square; also of the following Booksellers: Barker, Russell-Court, Drury-Lane; Marsom, No. 187, High Holborn; Lunn, Cambridge; Merrick, Oxford; Gander or Hodges, Sherborne; Hazard, Bath; Rollason, Coventry; Deck, Bury; Haydon, Plymouth; Edwards, Norwich; Bulgin, Bristol; Fisher, Newcastle; and also at Freeth's Coffee House, Birmingham.

☞ *To prevent Mistakes, those who send for any Books are desired, besides the Numbers, to send the first Words and the Prices of the Article they want.*

*** Book-Binding done in the newest Taste, and exceeding cheap.

図版⑫　ラッキントンの貸本屋カタログ表紙（1792年版）

「情報」がカネを生む

　「私が聞いたところでは、貸本屋が初めて開設されたとき、書籍商は大変驚きあわてて、それらが急速に増加すると、本の売り上げは貸本屋のせいで激減してしまうだろうと、恐怖感を募らせることになったということだった。ところが実際には、本の売り上げは減少するどころか、かえって大幅に伸びたことがわかったのだ。というのは、このような貸本屋の書庫から、何千という家庭に安い値段で多くの本が供給され、それによって読書の趣味がより一般化し、最初に貸本屋で借りて読んだ後で、これは良いと思って購入者になった人が多く、毎年何千冊もの本が購入されるようになった。貸本屋はまた、女性を楽しませ、育成することにも貢献した。今では、これまでよりずっと多くの女性が読書（の趣味）を楽しんでいるのだ」。

　ここには敏腕ビジネスマン、ラッキントンの確固たる自信が感じられる。また書籍商たちが専ら本を印刷、販売することに熱心で、版権争議に奮闘した時代を経て、貸本業によって本を多量に流通させることで利益を得ることへの発想の転換が起こったことを確認できる。事実、ラッキントンは、貸本屋の規模としては過去最大の、10万冊を所蔵する貸本屋店舗の運営と、かつてない数の本の販売を実現している（図版⑫参照）。業界トップに登り詰めた彼の成功

図版⑬　ラッキントン発行のトークン（1794年）

には、2つの発案があった。第1に、いわゆるぞっき本に着目し、これらを大量に仕入れて安価で販売したことである。彼自身によれば、「毎年、注文を受けた印刷中の何千冊もの本が、実は顧客に引き取られていない」ことに着目し、「書籍商組合」が設定した価格の半値で特価本を販売し、利益を得たという。第2に、1794年以降、自分の経営する貸本店舗で通用する半ペニー (half-penny) の額面の代用コイン (Lackington's Trade Token) を顧客に発行し、こ

図版⑭ ノーブルの貸本屋
(London, 1746年)

れを餌に、さらなる貸出数の増加と販売促進に成功している点である（図版⑬参照）。[7]「私の見積もりでは、ここ20年間で少なくとも4倍以上の数の本が販売されるようになった。つまり、あらゆる階層の人々が読書するようになったのである」と語っている通りである。

以上、18世紀イギリスの貸本屋が「小説」人気と密接に関連しながら発達し、商才に長けた「仕掛け人たち」の働きかけによって、作家と読者とを結ぶ流通装置として機能し、重要な出版ビジネスとしても定着していくことになった経緯を考察した。また貸本屋が作品の出版に関与し、その後忘れ去られていく運命の大衆小説を数多く出版することになったと指摘したが、まったく逆に、後世に残る人気作品となった例として、ウィンクフィールド (Unca Eliza Winkfield) の『女ロビンソン・クルーソー』(*The Female American*,

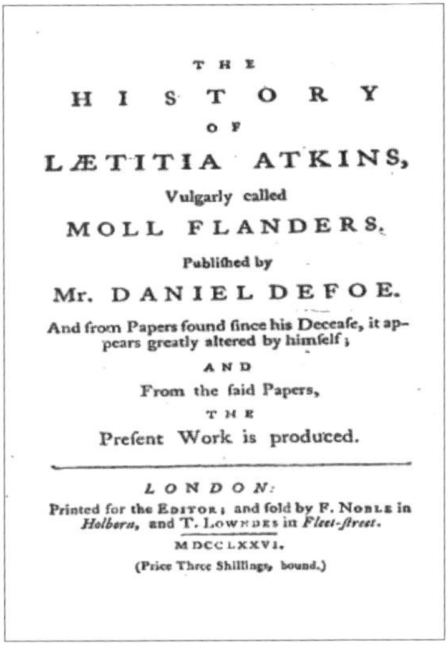
THE
HISTORY
OF
LÆTITIA ATKINS,
Vulgarly called
MOLL FLANDERS.
Publiſhed by
Mr. DANIEL DEFOE.
And from Papers found ſince his Deceaſe, it appears greatly altered by himſelf;
AND
From the ſaid Papers,
THE
Preſent Work is produced.

LONDON:
Printed for the EDITOR; and ſold by F. NOBLE in Holborn, and T. LOWNDES in Fleet-ſtreet.
MDCCLXXVI.
(Price Three Shillings, bound.)

図版⑮　貸本屋版デフォー
『モル・フランダース』(1776 年)

1767) のような作品もある。またデフォーがらみでいえば、1722 年に出版された『モル・フランダース』(*Moll Flanders*) は、実はモル自身の回想録ではなく、フィクションではないかとの疑いが刊行当初からあったものの、出版当初は真の作者の特定にはいたらなかった。それが公に判明したのは、1776 年に、『モル』がフランシス・ノーブル (Francis Noble, d.1792) が経営する貸本屋の一冊として登場した時であった（図版⑭⑮参照)。[8] 貸本文化がキャノン確定の手がかりとなったことは例外的ではあるが偶然にして、興味深いことである。

7　現代の出版メディアと 18 世紀の出版文化

本稿のはじめに、21 世紀の出版界を席巻したケータイ小説にふれたのは、このブームに 18 世紀の小説の流行に共通する雰囲気を感じるからである。ケータイ小説の多くは、恐らくは読者層と同じ、若い女性である匿名作家の実体験を元にした、一種の「私小説（わたくししょうせつ)」の体裁をとっている。そこには、思春期の、傷ついた自我を語る主人公の心情に対し、あたかも友人の打ち明け話を聞く、あるいはメールを読むような読者の共感がある。小説のテーマとなっているのは「7 つの大罪」と呼ばれる若い女性が意識する問題、すなわち「売春」「レイプ」「妊娠」「薬物」「不治の

病」「自殺」「真実の愛」である。これらはまさに 18 世紀の『パミラ』、『クラリッサ』(*Clarissa*, 1748) などの書簡体小説の世界と相通じるモチーフと言えるのではないだろうか。

　また、18 世紀の読者の多くはまず貸本屋から借りて読み、のちにその本を購入した。これも、今日のケータイ小説読者についても同様に見られる現象である。ケータイで読んで得た感動に形を与え、大切に保存するために「モノとしての本」を購入、それが書籍全体の売り上げ拡大に貢献する。全国で最も多くケータイ小説が売れている書店は「TSUTAYA ／ツタヤ 」だという。新刊書籍と共に、音楽・映像・ゲーム等、各種ソフトのレンタル・販売店大手チェーンであるツタヤを運営する「カルチュア・コンビニエンス・クラブ」は、2012 年、佐賀県武雄市図書館の管理業務を委託された。「代官山蔦屋書店」をモデルとし、開館時間 9 時〜 21 時で年中無休のこの図書館にはコーヒーチェーン店、スターバックスとともにツタヤの店舗が併設されている。図書館利用者は同社のポイントカードを貸し出しカードとして利用することもでき、ポイントも付加される。民間業者が運営する初の公設公共図書館として注目を集める同館は多様な情報の集積スポットであり、そこに人が集まり、モノが売られ、情報が取引される。これはまさに 21 世紀の「貸本屋」である。否、18 世紀の貸本屋が 21 世紀の先進的試みを時を超えて先取りしていたと言うべきか。

　ケータイ小説には、そのほとんどが、読んだ後は忘れ去られるたぐいの、一時の単なる娯楽としての読み物という点でも、前述した「ミネルヴァ・プレス」が多数出版していた大衆小説との共通性が感じられる。現在、ケータイ小説は、「表現の深みにかけており、これは文学とは呼べない」、「これでも小説なのか？」等々、いわゆる純文学を尊ぶ読者や批評家から激しい批判を受け続けている。ケータイ小説は、再読の機会も少なく、消滅していった数多くの 18 世紀の「大衆小説」と同じ運命を辿るのかもしれない。しかし一方で、18 世紀の書籍商たちが直面していた様々な出版システ

ムの問題をクリアし、確実なベストセラーを約束するビジネス実現のヒントを与えてくれていることも確かな気がしてくる。

18世紀のイギリスにおける作家と書籍商の職業化と読者の大幅な拡大は、グーテンベルクによる活字メディア誕生以後の、社会の情報化の重要な一過程であった。ただし、そこには決定的な限界があった。18世紀においては、作家は「モノとしての本」(material book) の形をとらなければ、テクストを一般に流通させることができなかったということである（それゆえに書籍商の存在が重要であったわけだが）。しかし、今や状況は変化し、18世紀には出版による情報を一方的に受信するだけであった大衆は、今日ではインターネットの普及により、情報の発信者＝「作家」としてテクストを流通させることが可能となったわけである（すなわち「書き手→読み手」の関係性の逆転現象）。ここにおいて、情報、作品を生み出す作家と読者との間に一方的に結ばれる関係性は、ケータイ小説の母体であるインターネットというメディアの双方向性のもとで融解する。

イギリスは、1695年の「出版物事前検閲法」失効からちょうど300年後に当たる1995年に「再販制」を廃止している。このことは小売店における価格競争を激化させるなどの混乱を生じさせ、大手大規模書店と個人経営書店双方に対して経営刷新を迫る、深刻な事態を引き起こすことになった。現代に第二のラッキントンは現れるのか。今日の情報メディアは、ケータイ小説のノウハウをいかにして他の分野に応用できるのか。18世紀のイギリスにおいて変革を遂げ、より多くの作家と読者とを生み出した出版業は、21世紀の今、「作家と読者」の新たな関係性によって、新たな試練の時を迎えるとともに、まだ見ぬ地平を開こうとしている。

注

＊本稿は、日本英文学会第80回大会（2008年5月24日、広島大学）のシンポジウム「近代初期出版文化とイギリス文学 知の流通革命」に

おいて発表した内容を基にしたものである。

[1] John Strype, *A Survey of London* (Facsimile Reprint of 1720 edition) Book 3, 155.

[2] 1700 年に 2995 タイトルであった出版数は、1790 年には 8339 タイトルになった。James Raven, *The Business of Books: Booksellers and the English Book Trade 1450-1850* (New Haven: Yale University Press 2007) 149.

[3] Thomas keymer, *Pamela in the Marketplace: Literary Controversy and print culture in Eighteenth Century Britain and Ireland* (Cambridge: Cambridge University Press, 2005) 参照

[4] 18 世紀前半期における小説の値段は、5 〜 10 シリング程度であった。たとえば、『ロビンソン・クルーソー』(Defoe, *Robinson Crusoe,* 1719) は 5 シリングで、これは 当時の労働者階級の週賃金以上に相当する。18 世紀のイギリス通貨を現代の感覚として納得できるよう、邦貨に換算することは容易ではないが、藤井哲「貨幣価値の見極め 18 世紀英文学の理解のために」福岡大学研究部論集、第 6 巻 人文科学編、2006 に従えば、1 ポンド = 20 シリング = 240 ペンス (¥36,000)、1 シリング（= 12 ペンス）(¥1,800)、1 ペニー (¥150) → 1/2 ペニー (¥75) となり、目安になる。

[5] この時期の長編「小説」(A Novel) は、すでに 3 巻本での出版が多くなり、貸本屋での流通に適した形として定着していく。

[6] *The Use of Circulating Libraries Considered; with Instructions for Opening and Conducting a Library, either upon a Large or Small Plan.* London, 1797.

[7] 17, 18 世紀において、銅貨の増発が行われた歴史は、王政復古期のリチャード 1 世時代、1720 年頃のアイルランドにおける銅貨不足について、ジョナサン・スウィフト (Jonathan Swift, 1667–1745) が『ドレイピア書簡』(*Drapier's Letters*, 1724-1725) を書いて、通貨政策を批判した時、そしてラッキントンが活躍した 1780 年から 90 年代にかけて見られる。

[8] P.N. Furbank, and W.R. Owens, *A Critical Bibliography of Daniel Defoe* (London: Pickering & Chatto, 1998) 200.

参考文献

Barchas, Janine. *Graphic Design, Print Culture, and the Eighteenth-Century Novel*. Cambridge: Cambridge University Press, 2003.

Furbank, P.N. and Owens, W.R. *A Critical Bibliography of Daniel Defoe*. London: Pickering & Chatto, 1998.

Giffard, Henry. *Pamela. A Comedy*. London, 1741.

Justice, George. *The Manufacturers of Literature: Writing and the Literary Marketplace in Eighteenth-Century England*. Newark: University of Delaware Press, 2002.

Haywood, Eliza. *Anti-Pamela, and Henry Fielding, Shamela*, ed. Catherine Ingrassia. Peterborough, ON: Broadview, 2004.

Ingrassia, Catherine. *Authorship, Commerce, and Gender in Early Eighteenth-Century England: A Culture of Paper Credit*. Cambridge: Cambridge University Press, 1998.

Keymer, Thomas. *Richardson's Clarissa and the Eighteenth-Century Reader*. Cambridge: Cambridge University Press, 1992.

Keymer, Thomas, and Jon Mee (eds), *The Cambridge Companion to English Literature 1740-1830*. Cambridge: Cambridge University Press, 2004.

Keymer, Thomas, and Peter Sabor (eds), *The Pamela Controversy: Criticisms and Adaptations of Samuel Richardson's Pamela, 1740-1750*. 6 vols. London: Pickering & Chatto, 2001.

_____. *Pamela in the Marketplace: Literary Controversy and Print Culture in Eighteenth-Century Britain and Ireland*. Cambridge: Cambridge University Press, 2005.

Lackington, James. *Memoirs of the Forty-Five First Years of the Life of James Lackington*. London, 1794.

_____. *The Confessions of J. Lackington, Late Booksellers, at the Temple of the Muses in a Series of Letters to a Friend*. London, 1808.

The Ladies Museum, or Complete Pocket Memorandum Book, For the Year 1774. London: Printed for W. Lane.

McKenzie, D.F. *Stationers' Company Apprentices 1701-1800*. Oxford: The Oxford Bibliographical Society, 1978.

Plomer, H.R. et.al. *A Dictionary of the Printers and Booksellers who were at Work in England Scotland and Ireland 1726 to 1775*. 1932. Oxford: The Bibliographical Society, 1968.

Raven, James. *British Fiction 1750-1770: Chronological Check-List of Prose Fiction Printed in Britain and Ireland*. Newark: University of Delaware Press. 1987.

―――. *The Business of Books: Booksellers and the English Book Trade 1450-1850*. New Haven: Yale University Press, 2007.

Raven, James, Helen Small and Naomi Tadmor (eds). *The Practice and representation of reading in England*. Cambridge: Cambridge University Press, 1996.

Richardson, Samuel. *Pamela*, ed. Thomas Keymer and Alice Wakely, intro. Thomas Keymer. Oxford: Oxford University Press, 2001.

Richetti, John. ed. *The Cambridge History of English Literature, 1660-1780*. Cambridge: Cambridge University Press, 2005.

Sheridan, Richard Brinsley. *The Rivals*. in *The Dramatic Works of Richard Brinsley Sheridan*. 2 vols. Oxford: Clarendon Press, 1973.

St Clair, William. *The Reading Nation in the Romantic Period*. Cambridge: Cambridge University Press, 2004.

Strype, John. *A Survey of London* (*A Survey of the Cities of London and Westminster: containing the original, antiquity, increase, modern estate and government of those cities. Written at first in the year MDXCVIII. By John Stow, citizen and native of London. ... Now lastly, corrected, improved, and very much enlarged: ... by John Strype*). In six books., London, 1720. Facsimile Reprint of 1720 edition in 3 volumes. Kyoto: Eureka Press, 2008. (Reprint supervised and with a new preface by Tetsuya Iseki)

Warner, William B. *Licensing Entertainment: The Elevation of Novel Reading in Britain, 1684-1750*. Berkeley: University of California Press, 1998.

井石哲也「出版文化のダイナミズム ―― 職業化する18世紀、大衆化する現代」『英語青年』第150巻第11号、特集：英国18世紀文学の視点、2005年2月号 676-677.

―――「18世紀英国の作家と書籍商 ――『トリストラム・シャンディ』

の出版」『十八世紀イギリス文学研究第 2 号 ――文学と社会の諸相――』開拓社、2002 年。305-327.
_____「出版文化史からみる Laurence Sterne」『英語青年』第 148 巻第 8 号、2002 年 11 月号 495.
_____「十八世紀イギリス小説の出版戦略――「『パミラ』論争」とその周辺――」『未分化の母体 ――十八世紀英文学論集――』英宝社、2007 年。99-118.
小林章夫『大英帝国のパトロンたち』講談社、1994 年。
コリンズ、A.S.『十八世紀イギリス出版文化史　作家・パトロン・書籍商・読者』青木健・榎本洋訳、彩流社、1994 年。
清水一嘉『イギリス近代出版の諸相』――コーヒー・ハウスから書評まで――　世界思想社、1999.
_____『イギリスの貸本文化』図書出版社、1994 年。
フェザー、ジョン. 箕輪成男訳『イギリス出版史』玉川大学出版部、1991 年。
藤井哲「貨幣価値の見極め 18 世紀英文学の理解のために」福岡大学研究部論集、第 6 巻人文科学編、2006 年。

都市型作家の誕生
——『骨董屋』に見るディケンズの自己形成——*

新野　緑

　多くの読者が美少女ネルの死に涙した『骨董屋』(1840-41) は、出版当初こそ熱狂的な人気を得たものの、そのセンチメンタリティの過剰と構成力の弱さが批判され、[1] 現在に至るまで、ディケンズの中で評価が低い作品のひとつとなっている。これは、オスカー・ワイルドが「リトル・ネルの臨終場面を笑わずに読むには、石の心臓がいる」(Pearson 235) と批判したように、「ヴィクトリア朝的感傷性」が「俗悪さ」の象徴へと貶められた時代の文化的感性の影響もある。[2] しかし、読み手の感受性の変化にも増して重要なのは、子供の視点を生涯持ち続け、デイヴィッド・コパフィールドやピップなど生き生きとした子供像を造型してきたディケンズが、ネルの場合、どうして極端な感傷性に陥ったかである。

　もちろん、オリヴァー・トゥイストやポール・ドンビーにも、ネルに通じる感傷性はある。しかし、1834年の新救貧法やヴィクトリア朝の拝金主義を批判するこれらの作品では、当時の現実への鋭い社会意識が過度の感傷性への傾斜を抑制していた。ところが、『骨董屋』は、奇妙に理想化されたヒロインや理由なき暴力の体現者クィルプなど、現実離れのした登場人物がひしめく、激しい情動に歪んだ主観的な世界となって、極端な感傷性への歯止めが効かないでいるように思われる。なぜそんなことが起こったのか。この特異なヒロインの造型に、ディケンズの創作の秘密が隠されているのではないか。

1．ネルはメアリー・ホガースか？

　ネルの造型を論じる時に、1837年5月7日に17歳の若さで急逝

したディケンズの義妹メアリー・ホガースが決まって言及される。妻の妹を溺愛する作家の屈折した思いが、彼女をモデルとするヒロインの極端な理想化と感傷性を生み出した、というのである。たしかに、ネルの埋葬場面で用いられる「これほど若くて、美しく、善良な」(543)[3]という形容は、ディケンズがメアリーの墓碑銘に刻んだ言葉そのもので、[4]ネルの死を執筆中のディケンズは、友人のフォースターに、

> 臨終の場面をどう書こうかと考えただけでも古傷が新たに血を流すから、実際に書くとどうなるかは、予想もつかない。いくら努力しても、あの学校教師の慰めの言葉を自分に言い聞かせるのは無理だ。愛するメアリーが昨日死んだ。それが、この悲しい物語について考える時の感覚だ。(To Forster [?8 January 1941] *Letters* Vol. 2, 181-82)

と語って、両者のつながりを示してもいる。しかし、大事なのは、上の言葉に続いてディケンズが、

> 今週と来週は、招待を断ってきた。書き終えるまでどこにも行かないと決めていたからね。苦労して手に入れた心境を乱されて、もう一度それを呼び戻さなければならなくなるのが怖かったんだ。(To Forster [?8 January 1941] *Letters* Vol. 2, 182)

と告白していることだ。つまり、メアリーの死は、すでに作家が努力して呼び起こすべき遠い記憶で、創作の動機となるほどの強いインパクトがあるとは思われない。臨終の場面を別にすれば、かつての穏やかな幸福を求めて、破産した祖父と放浪の旅に出るネルの漂白の人生は、メアリーとは共通するところがない。当時17歳だったメアリーと13歳のネルとの年齢の違いも気になる。むしろ、男女の違いを除けば、ネルの年齢、境遇、性格づけは、10歳の時に父親の転勤でロンドンに上京し、12歳で父親が破産の憂き目をみ

たディケンズ自身に重なるのではないか。

ネルとディケンズの類似は、すでにマイクル・スレイターが、

> ネルにはメアリーではなく、ディケンズ自身が投影されている。オリヴァー・トゥイストと同じく、彼女が表すのは、作家が必死の思いで創り上げた個人の神話の中の幼いディケンズなのだ。つまり、美しく、繊細で、感じやすく、周囲から脅かされ、陰謀の的となり、裏切られ、孤立し、それでも信義と愛を堅く守り続ける子供なのである。(*Dickens and Women* 96)

と指摘するが、それ以上踏み込んだ議論はしていない。しかし、ネル造型の意味を考える上でも、また、『骨董屋』全体の構造を理解する上でも、ディケンズとネルのつながりは見過ごせない。

13歳のネルは、祖父トレントが賭博によって破産し、骨董屋をクィルプに奪われたために、祖父と一緒にロンドンを離れ、田舎を目指す漂白の旅に出る。クィルプに借金を重ねて、夜な夜な密かに賭博に出かけては、憔悴して帰宅する祖父を、不安に苛まれて見守るネル。そこには、父親の転勤で上京した直後から一家の借金が嵩み、教育も受けられないまま12歳で靴墨工場に働きに出されて、[5] 不安と孤独に苛まれた作家の幼い日の心情が重なるように思われる。最近の研究では、ディケンズが靴墨工場で働いた期間は、従来考えられていたよりも長い13ヶ月から14ヶ月 (Slater, *Charles Dickens* 24)、当時のディケンズは12歳から13歳だから、ネルの年齢に一致する。もちろん、ディケンズの父親の破産は浪費癖が原因で、トレント老人のような賭博ではない。しかし、幼いディケンズには破産の原因は十分には理解できなかっただろうし、ネルも祖父が賭博に手を染めているとは知らないから、保護者が借金を重ねる貧しい暮らしの中で不安な日々を過ごした挙げ句、破産してすべてを失う点で、ネルとディケンズの状況は一致する。

ネルの描写で強調されるのは、たとえば、「私は(略)ベッドに

横たわるあの子の姿を思い描いた。一人きりで、(天使の他には)誰にも見守られず、誰にも構ってもらえず、穏やかに眠っている姿を」(20) や、「何が起ころうと、自分たちはこの世で二人きり、誰も助けたり、助言したり、構ってくれないのだとネルは感じており、そのことが分かってもいた」(76) という一節が示すように、危機的な状況の中で保護する人も、救いの手も与えられない、見捨てられた子供の孤独感である。それは、1847 年頃に書いた自伝の断片で、[6]ディケンズが幼い自分自身を、「助言してくれる人も、相談に乗ってくれる人も、励ましてくれる人も、支えてくれる人も、誰一人思い出せない。神に誓って」(Forster, *Life* Vol.1, 24) と描いたことに重なる。

また、『骨董屋』の冒頭、祖父の使いでロンドン東部のタワー・ヒルに住むクィルプに借金に行った帰り道、迷子になったネルは、物語の登場人物で語り手でもあるマスター・ハンフリーと出会う。二人が出会った場所は明示されないが、よく言われるように骨董屋がロンドン西部のレスター・スクエア近くにあるなら、[7]クィルプの家から帰宅するネルが歩いた道筋は、ロンドン北西のカムデン・タウンに一人下宿して、テムズ川沿いのストランド通りのハンガーフォード・ステアーズにある靴墨工場を経て、家族の住むマーシャルシー監獄へと、当時ディケンズが辿った道筋と、ほぼ重なる。少なくとも、祖父の使いとしてクィルプの家に通っていたネルは、幼いディケンズと同様に、ロンドンの街路を西から東、東から西へと一人きりで歩く経験を繰り返していたことになる。[8]しかもディケンズが、上京後の最初の住まいであるベイアム・ストリートの借家の「小さな屋根裏部屋」で、恐らくは窓から外を眺めながら、田舎町チャタムを懐かしみ、喪失感に浸った (Forster, *Life* Vol. 1, 12) と、自伝の断片で語れば、ネルもまた「悲しい思いが群れをなして心に押し寄せる」(78) のを感じながら、骨董屋の階上の部屋から一人寂しく通りを眺めるのを日課とする。[9]こうして、ロンドンで不安と孤独に苛まれた幼いディケンズの記憶が、ネルに幾重にも投影さ

れているのである。ディケンズが当時の自分を語る「まれに見る数々の才能を備え、利口で、熱心で、繊細で心も体も傷つきやすい子供」(Forster, *Life* Vol. 1, 21) は、まさにネルの特徴だろう。ディケンズは、無力だった自分を女性化して、少女ネルに託したと考えられないか。[10]

2. クィルプとロンドン体験

ネルがロンドンを去る原因となったクィルプは、寸詰まりの胴体に巨大な頭が乗るグロテスクな外貌に、大きな海老や卵の殻を丸ごと貪り食うすさまじい食欲を持ち、常に人々を陥れる奸計をめぐらせ、暴力的でサディスティックで強烈なセクシュアリティを体現する、まさに欲望とエネルギーの塊のような怪物的な人物である。興味深いのは、このクィルプにも靴墨工場時代のイメージが重ねられていることだ。テムズ北岸のタワー・ヒルの自宅と、南岸サレーの会計事務所を行き来するクィルプは、テムズ川との深い関わりが強調され、

> クィルプ氏は特定の商売や職業についているとは言い難かったが、彼の仕事は多岐に亘り、携わっていることも多かった。テムズの川岸近くの汚らしい通りや小道にあるすべての居留地の家賃を集め、商船の水夫や下級航海士に金を用立て、東インド貿易船の様々な航海士の投機に関わり、税関の鼻先で密輸品の葉巻をふかし、ぴかぴかの帽子と裾の平らな上着を身につけた人々とほぼ毎日王立取引所で面会した。(35)

と紹介されるように、まさにシティ区を中心にテムズの水運で大発展を遂げてきたロンドンの町そのものだ。[11] クィルプは、ロンドンの表社会と裏社会の双方で商業や貿易に深く関わりながら、その明確な職業は特定されない。そのことこそ、彼が具体的な一個人としてあるのではなく、むしろディケンズ一家を破産に導いた大都市ロ

ンドンの商業システムの総体を表す象徴的な存在であることを証する。

　しかもクィルプは、会計事務所から「小銃射程距離内」(384) にあるパブ「荒地亭」に、彼が「東屋」と呼ぶ隠れ家を持ち、そこに、ネルの兄の友人ディック・スウィヴェラーや、悪徳弁護士のブラス兄妹を誘い込んで、ディックやネル、さらにトレント家に仕えていた少年キットを陥れる奸計を練る。彼の悪の拠点であるその建物は、

> クィルプが言っていた東屋は、朽ちてがらんとした粗野な木製の小屋で、川の泥の上に突き出し、いまにも川に滑り落ちそうだった。その東屋が付随する居酒屋は、ネズミが土台を蝕んで崩れかかり、何本かの大きな木材でなんとか持ちこたえているだけのぐらぐらの建物だった。(168)

と描かれ、テムズ川のほとりで、今にも崩れ落ちそうに川に突き出し、ネズミに土台を齧られて崩壊寸前。その東屋の描写は、ディケンズの自伝の断片に示される靴墨工場の、

> 「それはぐらぐらの崩れかかった古い家で、もちろん川に突き出し、文字通りネズミが走り回っていた。その羽目板をはった部屋と腐った床や階段、地下室で群れをなす年老いた灰色のネズミ（略）そしてその場所の汚れや腐食が、今でも私の目の前にまざまざと浮かんでくる。」(Forster, *The Life* Vol.1, 21)

という一節と、用いられる形容詞までもが、ぴたりと一致している。つまり、この靴墨工場を思わせる場で、ディケンズの分身であるネルと彼女の友人たちを陥れようと企てるクィルプは、幼い作家が体験したロンドンにほかならない。

　さらに、この物語を特徴づける大衆娯楽とクィルプの関わりも興味深い。『骨董屋』には、コドリンとショートのパンチ人形劇をは

じめ、犬の曲芸団や、巨人と小人のフリーク・ショウ、ジャーリー夫人の蠟人形など、様々な見世物が頻繁に登場する。とりわけクィルプは、パンチやおとぎ話、民話、パントマイムなどの主人公を起源とする、当時の大衆娯楽を体現する存在である。[12] ディケンズ自身が、「私は一度ならずその通りで、土曜の夜に、角にあった見世物用の幌馬車に誘われ、ずいぶん雑多な連中と一緒に中に入って、太った豚や野蛮なインディアン、小さな貴婦人などを見た」(Forster, *Life* Vol. 1, 28) と言うように、大衆娯楽は、幼少時の作家のロンドン体験の重要な一部だった。もちろん、ディケンズの大衆娯楽への関心は生涯続き、靴墨工場時代だけの経験ではない。しかし、屈辱的な労働から束の間ながらも解放される土曜の夜、幼いディケンズがラント・ストリートの下宿に帰る道すがら見た出し物を、10年以上の歳月を隔ててなお鮮明に記憶していること自体、それらの娯楽が当時の彼に与えたインパクトの大きさを証明する。後にディケンズは、ロンドンの町を「マジック・ランタン」に喩え、その街路を散歩することが、観劇にも似た想像力の活性化をもたらすと言うが (To Forster [30 August 1846] *Letters* Vol. 4, 612-13)、この巨大な見世物としてのロンドンのイメージが、靴墨工場時代の作家のロンドン散策によって形作られたことは、多くの批評家の認めるところだ。[13] つまり、クィルプは、少年ディケンズを孤独と不安に導いた大都会の過酷な現実と、作家の想像力を刺激してやまない民衆のエネルギーの表出の場という、まさに相反する価値が混交する、ディケンズのロンドン体験の総体、あるいは根源を表すことになる。

　クィルプに脅かされたネルは、「かつて味わった素朴な喜びの数々を取り戻し、彼女が生きて来た陰鬱な孤独から解放され、最近の辛い試練において彼女を取り囲んでいた心ない人々から逃れ、(略) 静かで幸福な生活を取り戻すこと」(101) を求めて、田舎への旅に出る。つまり、ロンドンの現実から逃れて、失われた過去に回帰するわけだが、そこで重要な役割を果たすのが、旅の最初にネルと祖父に一夜の宿を提供し、物語の終り近くで再会して彼らを田

舎の教会へと導く、親切な学校教師である。ネルの旅の到達点とも言うべき彼は、ネルとの最初の出会いで、将来の期待される優秀な教え子の少年を急な病のために亡くす。この学校教師は、ディケンズを「有能な少年」と認め、後に『ピックウィック・ペイパーズ』(1836-37) を刊行中のディケンズに、「比類なきボズ」(Forster, *Life* Vol.1, 10) と刻んだ銀の煙草ケースを贈った、チャタム時代の学校教師ウィリアム・ジャイルズを想起させる。上京したディケンズの何よりの不満は、学校に行けないことで、[14] それは、チャタムの幸福な記憶にジャイルズと彼の学校が果たす役割の大きさを示唆するだろう。しかも、少年の臨終に立ち会ったネルは、学校教師が「あの時から、死んだあの子に対する僕の愛情は、あの子のベッドのそばに立っていた君に向けられるようになった」(350) と言い、ネル自身も「貴方のあの小さな生徒さんは、私の中に蘇り、生きています」(410) と語るように、その死んだ少年の生まれ変わりなのだ。ディケンズは、信頼する先生から永遠に引き離された自分を、死んだ生徒に見立て、しかも、その少年の生まれ変わりであるネルを放浪の果てに学校教師に再会させることで、ジャイルズとの幸福な日々への憧れを無意識の内に示したのではないか。つまり、ネルの漂白の旅は、おぞましいロンドンの現実を逃れて、チャタムでの幸福な幼児期の回復を希求する作家の願望の表象なのである。

3. 新たな神話の構築を求めて

ディケンズが、上京前に暮らしたチャタムを幼少時の牧歌的な幸福の象徴として神話化していたことは、よく知られている。ロンドン紳士が地方の風景や人々が生み出す興味深い物語を求めて田舎への旅を繰り返すピックウィック氏の物語にしても、田舎出の少年、あるいは青年が、生きる可能性を求めてロンドンに上京、様々な冒険を経て幸福を掴むオリヴァーやニコラスの物語にしても、『骨董屋』以前の作品は、そのいずれもが都市と田舎の往来を繰り返す主

人公の最終的な目的地、つまり一種の避難所として、自然豊かなロンドン郊外や地方の田園が用意され、作家の密かな願望を表していた。したがって、作家の記憶の中の幸福な幼少時代の回復を求めて、ヒロインが漂白の旅を続ける『骨董屋』もまた、過去への逃避を求める作家の一連の田園神話の作品群に連なると言えよう。しかし、たとえば、旅の途中、とある田舎町でネルが思いがけずクィルプに遭遇して、「まるでクィルプの軍団に取り囲まれ、空気まで、その軍団で一杯みたい」(214)と感じるように、結局この物語では、いかに遠くへ旅しても、ついにネルはクィルプから逃れることができない。

　大衆娯楽を体現するクィルプの存在は、パンチの人形劇をはじめ、犬の曲芸一座やフリーク・ショウ、蠟人形など、旅の先々で常に見世物一座とネルが関わることから、彼女の逃避行が成就しないことも暗示する。じっさい、ジャーリー夫人の庇護を得て、穏やかな生活が保証されたかと思った直後に、思いがけずクィルプに出くわし、その幻影に脅えるネルは、

> クィルプは、彼女の不安な夢の中でずっと、どういうわけか、ある時は蠟人形と結びつけられ、またある時は彼自身が蠟人形となり、ジャーリー夫人でもあれば蠟人形でもあったり、彼自身とジャーリー夫人と蠟人形と手回し式オルガンのすべてを併せたものなのに、厳密にはそのどれでもなかったりした。(214)

と、親切なジャーリー夫人と彼女の蠟人形が、クィルプと一体化する奇妙な夢を見る。そのこともまた、クィルプと大衆娯楽の奥深い結びつきを示すと同時に、ネルの都市からの逃避行の不可能を示唆するだろう。[15]

　象徴的なのは、田園と都市の往復を繰り返したネルが、最終的にバーミンガムをモデルとする工業都市ブラック・カントリーに辿り着くことだ。建物が密集し、絶え間ない騒音が響き、林立する煙突

が黒煙を吐く町は、『辛い時代』(1854) のコーク・タウンにも似た工業都市特有の要素を備えている。しかし、

> 群衆が、相反する二つの流れを形作り、停滞も疲弊もせず、急いで通り過ぎる。自分のことに一所懸命で、仕事のことだけ考え（略）、交通のピーク時の通りの喧噪や混乱に気をそがれることもない。一方、二人の哀れなよそ者は（略）悲しげに彼らを眺め、群衆のただ中で孤独に浸っていたが、その思いに相当するのは、難破船の水夫の渇きだけだった（略）。(331)

と描かれ、群衆の中の孤独をネルに実感させるその町は、じつは、ロンドンと少しも変わらず、[16] ネルは、結局ロンドンから、そしてそのロンドンを体現するクィルプから自由になれない。そして、このブラック・カントリーで病に倒れた彼女は、偶然再会した学校教師に導かれて静かな田園についに辿り着くが、そこで死を迎えるのである。

都市からの逃亡を企てるネルが逃避行の末に理想郷と見えた田舎で死に至る『骨董屋』は、したがって、むしろ作家の自己をめぐる田舎と都会の神話の解体を表す作品と言える。ネルの死が極端な感傷性を伴うのも、夭折したメアリーへの思い入れというより、自己を形成するひとつの神話が解体された結果、作家が一種の自己喪失の経験に直面した不安感が大きいと考えたい。その証しとなるのが、ネルに憧れながら、彼女が旅立った後もロンドンに留まり、そこで新たな人生の可能性を切り開くキットである。

トレント老人に使い走りの少年として雇われていたキットは、「ネルの人生における喜劇的要素」(15) と呼ばれ、常にパセティックな情感をたたえるネルとは対照的に、滑稽な外貌と動作で人々の笑いを誘うユーモラスな存在である。信義に篤く、家族への愛情に溢れ、勤勉で誠実なヴィクトリア朝的美徳の体現者の彼は、ネルとトレント老人がロンドンを去った直後に、フィンチリーに住む裕福

な紳士のガーランド氏に気に入られて、成功への足がかりを掴む。彼は、クィルプの奸計によって、弁護士ブラスに盗みの濡れ衣を着せられ、一度は流刑の判決を受けるものの、ブラス家の住み込み女中の機転で無実が証明されて釈放、やがてガーランド家の女中バーバラと結婚して幸福を手にする。

　田舎への逃避行を目指すネルとは対照的に、勤勉と誠実さを武器にロンドンでの成功を勝ち取るキットのこの上昇の人生には、ロンドンで作家として成功したディケンズの履歴が見て取れる。ディケンズは、キットに成功のきっかけを与えるガーランド夫妻とその息子エイベル氏のモデルが、幼い彼が発作を起こした時に親切に看病してくれたラント・ストリートの下宿の家主一家だと述べて（Forster, *Life* Vol. 1, 27)、キットと自分自身とのつながりを示唆している。さらに、正直者のキットがロンドンを象徴するクィルプの企みで、犯罪者に仕立て上げられながら、危うく難を逃れる展開は、靴墨工場時代の自分を振り返るディケンズの、「神のご加護のお陰で免れはしたが、あの時の私は、少しでも面倒をみてもらえさえすれば、やすやすと盗人か浮浪者になっていただろう」(Forster, *Life* Vol.1, 25) という言葉を思い起こさせる。

　「俺は善人が嫌いだ！（略）誰も彼も！」(366) と、善への敵意を剥き出しにするクィルプは、誰よりもキットを憎み、盗みの廉でキットが逮捕された直後、会計事務所に持ち込んだ古い船首像を彼に見立てて、その巨大な頭に執拗に殴りかかる。キットに対するクィルプの理由なき敵意と、それに反して巨大化したキットの像との対比もまた、ディケンズ自身が味わったロンドン体験の不条理と、それにも関わらず大きな成功を勝ち得た作家の自負を表すだろう。ネルが幸福な幼少期へのディケンズの回帰願望を表すなら、キットは都市に潜む危険を克服して成功したディケンズ自身なのだ。そのキットが敬愛するネルの死を経て新しい人生に踏み出す『骨董屋』は、ロンドンを離れた過去の牧歌的な世界に楽園を見る自己の神話を解体して、大都会で転落の危険に曝されながら成功者

となる新たな神話の確立を目指すディケンズの、自己をめぐる神話の組み替え、あるいは再構築の過程を示す作品なのである。

4．書くことと自己形成——ディック・スウィヴェラーの意味

　この作家の自己形成の作業で忘れてならないのは、クィルプとブラスの奸計を暴いて、キットの無実を証明するディック・スウィヴェラーである。紳士の生まれながら、怠惰で軽率な性格が災いして、彼は酒に溺れ、借金を重ねる。このディックを特徴づけるのは、彼が終身会長を務める宴会クラブ「輝かしきアポロン崇拝者（the Glorious Apollers）」の名が示唆する詩や想像力の世界との関わりである。[17] たとえば、彼がミス・ワックルズへの思いを語る、「男の心が不安に苛まれると」や「彼女はまるで六月に咲き初める赤き、赤き薔薇」(68) といった表現が示すように、ジョン・ゲイやロバート・バーンズをはじめ、シェイクスピアからトマス・ムア、さらに18、19世紀の流行歌を自在に引用し、しかも、水割りのジンを香しい葡萄酒と、安下宿を広々とした続き部屋と、そして寝台を本棚と見る「虚構」(60) を紡ぎ出しては人に信じさせようとする彼は、ディケンズがよく自分の分身である登場人物にディックという名を与えていることから、[18] 作家ディケンズの想像力、あるいは創作活動の一側面を体現する登場人物と言えよう。[19] つまり、ロンドンをめぐる自己の神話の解体と再構築をめざすこの小説で、ディケンズは自己の履歴や願望を投影する人物に加えて、創作の作業や想像力を体現する人物をも登場させ、作家である自己のあり方を見直そうとしたのである。[20]

　ディックは、ネルの兄フレッドに唆されて財産目当てにネルとの結婚を求め、さらに「第二の父親」(178) を名乗るクィルプに丸め込まれて、ブラスの弁護士事務所に送り込まれる。しかし、彼は、ブラス家の女中と協力してクィルプの奸計を暴き、キットを助け出して、後に教育を受けて成人した彼女と結婚する。キットの上昇の

履歴と並行する形で展開するディックをめぐるこのプロットは、大都市ロンドンとの葛藤の中で、牧歌的な過去への逃避願望を捨て、都市の現実と自己の時間的発展を新たに受け入れようとする作家の在り方、あるいは創作の形を示唆するのである。

　ディックの結婚相手となるこの女中は、最初名前を持たない「無」の存在だったのを、ディックが「侯爵夫人」と呼び、さらには、頭のよさと謎に満ちた出自を表すソフロニア・スフィンクスの名を与える。つまり、ディックこそが、言葉と想像力によって、彼女に確かなアイデンティティを与えるが、同時に、病に倒れたディックは彼女の必死の看病で命を救われ、今までの無責任な生き方を改める。つまり、両者は互いに互いの存在を確立する働きをすることになる。

　熱病の昏睡状態から目覚めたディックが、

> 　彼は想像の中で、この段々になった庭をぶらぶらと歩き、すっかり我を忘れていたが、その時もう一度あの咳が聞こえて来た。すると、散歩道はまた萎んで縞柄へと変わった（略）。(476)

と描かれるのは、彼女がディックの想像力に果たす意義を明らかにする。熱に浮かされたディックは、縞柄の緑のベッドカバーを「瑞々しい芝生」と「砂利道」からなる「庭」(476)と見なすが、それは、必ずしも熱病による幻覚というわけではない。たとえば、水割りジンを香しい葡萄酒、寝台を本箱と見る彼の、本来的な想像力のあり方にも通じる。「侯爵夫人」の咳によって、彼がその途方も無い「幻想」から「現実」へと呼び戻されるのは、彼女こそが、作家ディケンズ自身が創作の理想としていた想像力と現実との結合を、[21] 可能にする存在であることを示唆するだろう。最初ディケンズが、「侯爵夫人」をクィルプとサリー・ブラスの私生児と構想していたことを思うと、[22] ディックが当初企図していたネルに代えて「侯爵夫人」と結婚する物語の結末は、ネルが体現する田舎への

憧憬に代わって、クィルプが体現する都市的な要素を、ディケンズが自己同定に不可欠なものとして作品に取り込んだことの象徴と読める。同時に、「侯爵夫人」が最終的にディックによって名を与えられるのは、大都市ロンドンの混沌を言葉によって捉える手掛かりを、作家が得たことを表象する。

5. 語りの変容

　創作についての作家の、こうした根本的な姿勢の変化は、物語の語り手マスター・ハンフリーにも反映している。『骨董屋』は、ディケンズが新たに企画、刊行した『マスター・ハンフリーの時計』という週刊雑誌に短編として掲載されるはずが、雑誌の売れ行きが思ったほど伸びなかったために、急遽連載形式の長編へと変更された。[23] そのためか、『骨董屋』にはいくつかの齟齬がある。たとえば、最初1人称で物語を語り出したハンフリーは第3章で早々に姿を消し、4章以降は3人称の全知の語り手が登場して物語を語ることになる。つまり、通常の小説としては、かなり不自然な形で語り手が唐突に交代するのだ。しかも、物語が終った直後の、雑誌『マスター・ハンフリーの時計』第45巻には、再び雑誌全体の語り手としてハンフリーが登場して、以下のように語る。

> 「皆さん、申し訳ないのですが、（略）都合上、話をうまく導入するために、私はあの冒険譚をでっち上げたのです。確かに私は今読んだ物語に関わっていました。しかも、かなり重要な形で関わっていたのですが、それは私が物語の最初に装ってみせたような形ではありません。トレント老人の弟の独身紳士、つまりこの小さな劇の中の無名の役者は、今皆さんの前に立っている私なのです。」(*MHC*, 105)

迷子になったネルとハンフリーとがロンドンで邂逅する『骨董屋』

の書き出しは、物語を円滑に導入するための単なる方便で、『骨董屋』の一登場人物であった名前を持たない「独身紳士」こそが、じつは本当の自分なのだと言うこの告白は、いわば、語り手が自身の語りの嘘を暴露する訳で、それだけでも読者との信頼関係を揺るがせかねない。しかも、ハンフリーが本当の自分だというその「独身紳士」は、『骨董屋』の物語では、巨大なトランクを力任せに階上に運び上げる怪力の持ち主で、「日焼けした褐色の顔」の、「かんしゃくもち」(271) と紹介され、ハンフリーがかつて松葉杖の手放せない「憂鬱で臆病な子供」(7) で現在も穏やかな隠遁生活を好む病弱な人間であるのと、まったく異なる。したがって、この雑誌45巻に登場する語り手ハンフリーの言葉は、二重の意味で読者を混乱させ、[24] 批評家から『骨董屋』という小説の構成力の欠如を批判される要因ともなった。

ディケンズは、『マスター・ハンフリーの時計』という新しい雑誌の構想を、

> まずは、『スペクテイター』誌のように、何か刊行の謂われに関する愉快な物語から始めたいと思う。ちょっとしたクラブか人々の集まりを紹介して、彼らの個人的な履歴や行動を一貫して報告する。絶えず新しい登場人物を導入し、ピックウィック氏とサム・ウェラーにも再登場してもらう。(略) 時代の様々な欠点を、それらが姿を現すままに書き、現在の出来事のすべてを利用し、それらをスケッチやエッセイ、物語、冒険譚、架空の投稿者からの手紙等の形で表現して、雑誌の形を自在に変化させ、内容に可能な限り変化をつけるんだ。(To Forster [14 July 1839] *Letters* Vol. 1, 563-64)

と説明している。『スペクテイター』に加えて、上の引用の直前に、『タトラー』やゴールドスミスの『ビー』をも、新しい雑誌の模範に掲げるディケンズは、ピックウィック氏の再登場への言及が示す通り、それまで彼が手本としてきた18世紀小説、あるいは自分自身の過去の創作形式への回帰を、ここで意図していたと言えそう

だ。つまり、『骨董屋』、あるいはそれを含む雑誌『マスター・ハンフリーの時計』は、当初の計画では、内容も形式も、過去への回帰を目指したものだった。

　しかし、すでに見たように、『骨董屋』がディケンズにおける新たな自己の再編成を示す物語であれば、こうした過去の物語形式への回帰は、物語内容との齟齬をきたすことになる。そうした創作上のゆらぎが、この物語の変則的な語りを生み出したのではないか。『ピックウィック・ペイパーズ』以来、18世紀のピカレスク型の作品を書いて来たディケンズは、『骨董屋』の一作前の『ニコラス・ニクルビー』(1838-39) で、同じ旅物語の形式を取りながらも主人公の精神成長を取り込んだウル・ビルドゥングズ・ロマンと言うべき作品を書いた。[25] そして、続く『骨董屋』では、一方で慣れ親しんだ18世紀的な小説形態への回帰を求めると同時に、彼の目指す小説世界がもはや過去の小説形態では表現しきれないことをも、ディケンズは同時に悟ったのだろう。当初の雑誌刊行の計画が大幅な変更を見たのは、その表れのように思われる。

6. 都市型作家の誕生

　では、ディケンズが新たに導入しようとした物語形態とは何か。じつは、『骨董屋』には、ハンフリー自身が自分だと言う「独身紳士」とは別に、ハンフリーと物語全体をつなぐより重要な絆が織り込まれている。物語のほぼ中間点に近い『骨董屋』第33章の冒頭、3人称の語り手が、

> この年代記編者は、友好的な読者の手をとって、彼とともに空中に飛び上がり、ドン・クレオファス・リアンドロ・ペレス・サンブリョと彼の使い魔とがあの心地よい領域を一緒に旅したより速く、空を突き切って、読者とともにベヴィス・マークスの舗道に舞い降りよう。(250)

と、語り手の自分をル・サージュの『跛の悪魔』(1707) のアスモデに喩えるのを思い出す必要がある。アルカラの学生ドン・クレオファスが、フラスコに閉じ込められていたアスモデを救い出し、彼のマントの裾につかまって、空から当時の社会の悪の実体を観察するその物語は、18世紀的なピカレスクの伝統に則った諷刺物語だ。ディケンズは、『アメリカ紀行』(1842) や『ドンビー父子商会』(1846-48) でもアスモデに言及し、[26] 松村昌家が言うように、スクルージがクリスマスの精霊の衣服の裾につかまって空を飛ぶ「クリスマス・キャロル」(1843) にもその影響が見られるから (107-17)、『跛の悪魔』への作家の興味は、まさに『骨董屋』から『ドンビー父子商会』に至る時期に、急速に高まったと思われる。

　佐々木徹は、奇形で松葉杖を持つハンフリー、そして作家ディケンズの靴墨工場時代のトラウマと、このアスモデとの重なりに注目した (2-19)。しかし、アスモデを介してハンフリーとディケンズとが重なるとすれば、『骨董屋』の4章で、1人称の語り手ハンフリーに代わって新たに物語を語り出し、33章で自らの語る行為を、アスモデが空の高みから社会の実態をドン・クレオファスに指し示す行為に重ねてみせる3人称の語り手もまた、3章で姿を消した1人称の語り手ハンフリーと通底するはずだ。つまり、ハンフリーは、作家ディケンズの分身であると同時に、じつは『骨董屋』の4章以降に登場する全知の語り手でもあって、そこに、ディケンズが目指す新たな語りの形が浮かんでくる。

　ハンフリーでもあり、作家自身でもある3人称の語り手とは、どのような存在か。それを明らかにするために、『骨董屋』の連載が終った後に、『マスター・ハンフリーの時計』の語り手として雑誌の45巻に再登場するハンフリーを、もう一度見てみよう。そこには、自宅の置き時計のケースから会員の個人的な物語を取り出して披露する、雑誌冒頭（1巻から11巻）のパーソナルで回顧的な語り手ハンフリーとは異なる視点が示されているように思われる。た

とえば、彼が『骨董屋』の物語を読み終えた直後に偶然聞こえてきたロンドンのセント・ポール寺院の鐘の音に触発されて、その時計台に上るところを想像する箇所を引く。

> 巨大なロンドンの心臓がその巨人の胸で鼓動する。富と貧困、悪徳と美徳、罪と無垢、飽食とおぞましい飢餓のすべてが互いを踏みつけ合い、群れをなし、集合する。密集する屋根の上方に小さな円をひとつ描くと、その輪の中にすべてが含まれているのが分かる。全く正反対のものの両極端が肩を並べている(略)。あの狭苦しい一角では、家々の屋根が小さく萎んで身を寄せ合ってうずくまり、まるで家々の秘密をすぐそばの立派な通りから隠そうとするかのようだが、そこにはたとえいくら声をひそめてもとても口にできない邪悪な犯罪や惨めさや恐怖がある。(*MHC* 107-8)

セント・ポール寺院の高みから周囲を見下ろし、家々に隠された「秘密」を暴くこの語り手の視点は、『ドンビー父子商会』の第47章で、語り手がアスモデに言及する、

> ああ、善良な精霊が現れて、物語の中の跛の悪魔よりも力強く慈悲深い手で家の屋根を取り去り、キリスト教徒たちに彼らの家々が立ち並ぶまさにそのただ中からどれほど邪悪な姿の者が生み出され、破壊をもたらす天使が彼らの間を動き回るにつれて、その従者をいかに増やしていくかを見せてくれれば。(*Dombey* 738)

に通じる。[27] つまり、『骨董屋』が完結した後、雑誌45巻に語り手として再登場するハンフリーは、『骨董屋』の33章でアスモデに自らを重ねた3人称の語り手と、その視点が重なるのだ。もっとも、スペイン各地を旅するアスモデとは異なり、『ドンビー父子商会』や『マスター・ハンフリーの時計』45巻の語りは、「密集する屋根の上方に小さな円をひとつ描く」という表現からも明らかなように、固定された一点から、強い社会意識を持って、光と影とが混

渉する大都市ロンドンの実体を俯瞰し、その生きた鼓動を捉えようとする。その意味で、ディケンズは、『跛の悪魔』を引き合いに出しながら、脈絡なく移動する主人公に寄り添ってエピソード形式の挿話をつなぐ、ピカレスク型の物語の推進係であるアスモデとは、まったく異なる位置を取ろうとしているのである。[28]

さらに、語り手ハンフリーは、雑誌45巻でセント・ポール寺院の時計を眺める場面を想像して、

> 私は時計の正面に腰を下ろし、その規則正しい不変の声、眼下の通りの騒々しい喧噪を押さえて真っ先に耳に届く絶え間のない荘重な音を聞きながら、騒音が大きくなっても小さくなっても、鳴り続けても止んでも、夜も昼も、明日も今日も、今年も来年も、この時計は同じく単調に永久にその役目を果たし、周囲の生の営みの進展を統制することに気づいた。すると、これこそがロンドンの心臓で、万一この時計が止まれば、ロンドンは死んでしまうという突飛な思いが浮かんだ。(*MHC* 107)

と、自分が描くべきロンドンが、刻々と過ぎ去る時計の時間に支配された流動的な世界であることを強く主張する。ここに示される時間意識は、『骨董屋』の結末の3人称の全知の語り手の言葉、

> あの古い家はずっと昔に引き倒され、立派な広々とした道がそこにできていた。当初、キットは自分の杖で地面に四角を描き、子供たちにあの家が昔建っていた場所を示したものだった。しかし、すぐにその位置は定かではなくなり、この辺だったと思うが、こんなに変わってしまっては訳が分からないとしか言えなくなった。
> この数年にもたらされた変化はこのようなもので、そんな風に物事は過ぎ去り、今語った物語も忘れられていく。(556)

に通じる。最近のロンドンの激しい変化を、自身の語る作品の運命に重ねる語り手は、時間とそれがもたらす変化を確かな現実として

受け入れることを、『骨董屋』の物語の主眼としたのである。ピカレスクが、成長しない主人公を中心に、無時間の世界を描く物語であるなら、それとは異なる新たな物語世界の構築を求める作家の姿が、ここに浮かび上がってくる。

ハンフリーを含む6名の友人が彼の家に集い、置き時計のケースに納められた記録や物語を読み聞かせる『マスター・ハンフリーの時計』は、雑誌構想の出発点に個人の過去を懐古する枠組みがあり、それはちょうど過去の幸福を回復しようとするヒロイン、ネルのあり方にも通じていた。しかし、『骨董屋』を書き終えた頃には、語りの枠組みは、同じ時計のイメージではあっても、「ロンドンの心臓」として「生の営みの進展を統御する」セント・ポールの大時計が象徴する、際限なく前進する時間の記述へと変化する。そうした語りの枠組みは、時間とともに成長するキットやディック、そして「侯爵夫人」などの登場人物が、『骨董屋』の後半で物語の中心的興味を担うことにもつながるだろう。しかも、この時間的流動性への語りの傾斜は、そのままロンドンという時間と変化の坩堝をありのままに描く、作家の視点と一致するはずだ。こうして、『骨董屋』を含む雑誌『マスター・ハンフリーの時計』全体における語りの変容は、その一部を成す小説『骨董屋』に見られる作家の自己をめぐる神話の変容と交わることになる。

「私は醜い奇形の老人です」(*MHC* 7)と語り、松葉杖をトレードマークとするハンフリーが、『跛の悪魔』のアスモデのイメージに重なることはすでに見た。しかし、その醜い外貌のせいで、人々から「怪物」と呼ばれたことはあっても、「世間と交わらない生活が習慣になり」、その習慣が「私の家と心に与える穏やかな影響」(*MHC* 5)を愛するハンフリーは、じつは悪魔のイメージからはほど遠い。『骨董屋』において、まさに悪魔の化身として登場するのはクィルプにほかならず、その彼もまた容貌の醜さと同時に「足の奇形」(42)が強調されていることを思えば、クィルプにもアスモデ

のイメージを見ることができる。つまり、アスモデに語り手としての自身を重ねる『骨董屋』の3人称の語り手は、ネルと同様に世間から隠遁して個人の過去の記憶に浸ろうとする物語の語り出しのハンフリー的要素を持つばかりではない。その3人称の語り手は、人間の欲望が沸騰し、時間と変化に支配された大都市ロンドンを体現するクィルプ的な要素をも併せ持つ、いわば、相反する二つの側面を内包する存在であったのだ。そして、互いに鬩ぎあっていたその二つの要素が最終的に融合して生み出されたのが、ネルとクィルプ、双方の死によって『骨董屋』の物語が大団円を迎えた後に、雑誌『マスター・ハンフリーの時計』45巻に再登場してセント・ポール寺院を描く、変化した語り手ハンフリーと言えるだろう。

　この『骨董屋』を境に、従来のピカレスクに似た旅物語、あるいはエピソード形式の物語は姿を消して、ロンドンを中心に、刻々と変化する社会の現状を俯瞰的に描き出す作品が、ディケンズ小説の主流を占めるようになる。もとよりそうした変化は急激なものではない。作家の個人的な歴史を振り返った『骨董屋』に続いて、同じ雑誌『マスター・ハンフリーの時計』に、ディケンズは彼にとって初めての歴史小説『バーナビー・ラッジ』(1841)を掲載し、個人ではない社会の過去とそれをめぐる神話の構築を試みる。そして、続く『マーティン・チャズルウィット』(1843-44)では、むしろ再び主人公をウィルトシャーの田舎へ、さらにはヨーロッパ文明を逃れた究極の田園としてのアメリカに旅をさせて、すでに切り捨てたはずの田園の意味を、もう一度探ろうとしてもいる。しかし、こうした紆余曲折を経た後に、『骨董屋』から二作後、後期小説の扉を開ける社会的な作品『ドンビー父子商会』執筆の頃に、ディケンズは、今までに誰にも語らなかった靴墨工場での経験を言語化する『自伝』の執筆を試みた。そして、さらにその幼い時のトラウマに満ちた体験を一つの虚構として突き放して語る自伝的、教養小説的な『デイヴィッド・コパフィールド』(1849-50)を、続いて完成するのである。このことは、過去のノスタルジーから解き放たれて、

自己と社会の関係を形成し直す『骨董屋』の試みが、ディケンズの創作活動に持つ重要性を証明するように思われる。

　幼少時の体験を軸に、牧歌的な田園と大都市ロンドンとの関係の中で、作家ディケンズが織り上げて来た自己をめぐる神話。その解体と再構築、さらにはそれに対応する新たな語りの視点の確立を模索する『骨董屋』は、こうして、ディケンズの個人としての自己形成のみならず、独自の視点でロンドンの現在を描き出す、真の意味での都市型作家ディケンズの誕生を告げる、記念すべき意味深い作品と考えられるのである。

注

* 小論は、第 85 回日本英文学会全国大会（2013 年 5 月 26 日　於東北大学）での口頭発表「*The Old Curiosity Shop* に見る記憶の変容——Dickens の自己形成」を補正・加筆した。

[1] 代表的なものとして、たとえば、John Lucas (73-92) を参照。
[2] 時代による読者の感受性の変化と『骨董屋』の評価の変遷に関しては、George H. Ford (55-71) が詳しい。
[3]『骨董屋』からの引用はペンギン版を用い、頁数のみを引用文の末尾に記す。『マスター・ハンフリーの時計』からの引用はオックスフォード版を使用し、*MFC* と略して頁数を記す。
[4] メアリーの墓碑の言葉は、「若く、美しく、善良。うら若き 17 の歳に、神が天使の一人に加え賜う」(Forster, *Life* Vol.1, 66)。
[5] 靴墨工場に働きに出た正確な日付は定かではないが、1824 年 2 月 9 日と言われている。
[6]『ドンビー父子商会』の構想を練っていた 1846 年に、ディケンズは自伝の執筆を始め、翌年 3 月頃にはすでにフォースターがその断片を目にしたと言う (Kaplan, 216)。
[7] たとえば、Jeremy Tambling は、ハンフリーがネルに遭遇する場面を取り上げ、「この状況は、骨董屋がグリーン・ストリートとキャッスル・ロードの交わる角にあったという、一般的に普及した意見に適合するものだ」(86) と言う。

[8] 夜の散歩を楽しんでいたはずのハンフリーが、ネルに遭遇する直前に、「あんな風に人が絶え間なく行き交い、休みなく動きまわり、ざらざらの石を絶えず踏みつけては、すり減らしてつるつる輝かす。狭い通りに住む人々がそうした足音に耐えられるなんて、驚きじゃないか！」(9) と、いくぶん唐突に、通りを歩く人々の足音に苛立ちを示し、セント・マーティンズ・コートの病人やコヴェント・ガーデンの売春婦に思いを馳せる展開も、これらの場所が靴墨工場時代の記憶をたちまちディケンズに呼び起こす場所だと知れば、作家のトラウマの表れとも読める。

[9] 佐々木徹は、ネルが骨董店の二階から「屋根の上に積み重なるように立っている、ねじれた煙突を頻繁に眺めていると、そこに醜いいくつもの顔が見える気がしてきた。そしてそれが、しかめ面をして、彼女の部屋の中を覗き込もうとしているように思えた」(78) という描写に、『オリヴァー・トゥイスト』から『マーティン・チャズルウィット』、さらに『エドウィン・ドルードの謎』に至るイメージの繋がりを見て、靴墨工場のトラウマとの連関を論じている (2-19) が、そのこともまた、作家とネルの重なりを証明する。

[10] たとえばジャーリー夫人の蠟人形が男女の役割を簡単に入れ替えられるように、この物語ではジェンダーの境界は決定的なものとされてはいない。

[11] Terry Eagleton も「リトル・ネルは都市という捕食の世界から駆逐された自然の価値を象徴するが、作家の想像力を捉えているのは、典型的な都市の人、クィルプなのだ」(127) と述べて、クィルプをロンドンの市場主義と結びつけているが、ディケンズの個人的な経験との連関については論じていない。

[12] たとえば、Paul Schlicke は、「クィルプの原型として、沢山の大衆文化が提案されてきた。つまり、バースに住む実在の小人プライアー、民話に登場する邪悪な小人や悪魔、イギリス演劇に現れる滑稽な悪魔、『黄色い小人』と呼ばれる妖精譚、ジョゼフ・グリマルディの父親、そしてパンチである」(*Popular Entertainment* 125) と言う。

[13] たとえば、小池滋 (111-22) を参照。

[14] ディケンズは当時を振り返って「チャタムを失うことで、私が失ったすべてに（略）思いを馳せると、とにかくどこか別の学校に戻り、それがどこであろうと何かを学ぶことができるなら、私は何でも与えただろうと思う。もっとも、何か与えるものがあればの話だが」(Forster, *Life*

Vol.1 12) と語ったと言う。

[15] ジャーリー夫人の蠟人形の広告文として、ウォレンの靴墨工場の広告用の詩を書き換えたものが売り込まれるエピソードも、ネルの逃避行と靴墨工場の記憶の連関を暗示する。

[16] たとえば、このブラック・カントリーの街並は、ロンドンを描く、「そこから町外れまでずっと続いている人々の住居が形作る迷宮に、未だ深く踏み込まない内から、そのような光景はしだいに姿を消し、騒音とざわめきがそれに取って代わった。だらだら進む荷車と、通りがかった乗合馬車のがらがらいう音によって、まずその魔法が解け、続いて他の荷車や馬車が、さらにもっと素早い荷車や馬車が、そして群衆が姿を見せた」(121) という記述に通じる。

[17] このクラブの名は、Richard Clark の *The Glee Club, the Catch Club, and Other Public Societies* (1814) 掲載の Samuel Webbe, "Glorious Apollo" から発想されたと言う (Page, 561)。

[18] たとえば、ディケンズの自伝的小説『デイヴィッド・コパフィールド』で回想録を書き続けるディック氏は、主人公のデイヴィッドのみならず、作家ディケンズの分身と考えられる。またオリヴァーの救貧院での唯一の友人で、田舎に残った場合の主人公の運命を暗示するディックも同様と言える。

[19] ディックがブラス兄妹の手から救い出す「公爵夫人」のモデルが、靴墨工場時代にディケンズ一家に雇われていた乳児院出身の女中で、当時ディケンズがなけなしのお金を払って読んだペニー・マガジンの話を彼女に話して聞かせていた (Forster, *Life* Vol.1, 26-27) ことも、作家の創作行為とディックとの繋がりを示唆する。

[20] 原英一も、「作家が自分自身をこの人物[ディック]にかなり投影させていることは疑いない」(119) として、ディケンズとディックの繋がりを論じている。

[21] ディケンズがその創作の原理として、「ロマンティックなもの」と「慣れ親しんだもの」、つまり「空想」と「現実」の融合を掲げていたことは、よく知られている。

[22] 『骨董屋』のマニュスクリプトには、66 章で激昂したサリーが、「侯爵夫人」のことを、「あの子の母親は私よ。あの子は私の子供なの」(Appendix A of the Clarendon edition of *OCS*, 588) と言う台詞があり、クィルプは 51 章で「侯爵夫人」に会った時に、「クィルプは(略)その

もじゃもじゃの眉毛の下から，彼女をこっそりとだがとても注意深く見た。この密かな観察の結果、彼は両手で顔を覆って、狡がしこく声をたてずに笑い、ついに顔中の血管が膨れ上がって、いまにも破裂しそうになった」(384) という思わせぶりな描写がある。「侯爵夫人」がクィルプとサリーの娘である可能性は、Norman Page も指摘している (574)。

[23] 『マスター・ハンフリーの時計』の1巻から7巻までは、語り手ハンフリーの生い立ちや、置時計に収められた物語を彼が読み聞かせる雑誌の基本的な形、さらに、実際に彼が読み上げた短編などが、緊密な繋がりなく羅列され、第4巻掲載の『骨董屋』第1章もまた、ハンフリーが披露する短編の一つとして企図されていたことが分かる。しかし、第7巻に『骨董屋』第2章が掲載されると、他のエピソードはほとんど姿を消し、『骨董屋』の物語が45巻までほぼ単独の形で連載される。雑誌の45巻で『骨董屋』が完結した直後に語り手ハンフリーが再登場するが、続く46巻からは『バーナビー・ラッジ』の連載へと移り、88巻でハンフリーの死が語られて、雑誌が完結する。こうした雑誌全体の構成の詳細は、Brennan (635-38) を参照。

[24] たしかにこの独身紳士は物語の最後に、幼い時には病気がちな子供で、兄のトレント老人が自分の楽しみを諦めてまで、彼を献身的に介護してくれた (525) と語っているが、その独身紳士の言葉も彼の現状にはそぐわない、辻褄あわせのために急遽用意された言葉のように見える。

[25] Schlicke, "Introduction," xxvii.

[26] 『アメリカ紀行』の6章には、ニューヨークの新聞について、「大人びた腕白小僧が通りでその名を喚き立て、家の中では大切に綴じて保管されるこの15の新聞とは何だ。ただの娯楽じゃないのか？気の抜けた、水のような娯楽ではなく、歯ごたえのあるしっかりした食べ物で、ずけずけと罵詈雑言を並べ、口汚く人を罵る。あの跛の悪魔がスペインでやったように、個人の家の屋根を取払い、あらゆる種類の悪趣味に迎合して、それを食い物にし、でっち上げの文章で貪欲な連中の口を満たし（略）」(136) という記述がある。ここではアスモデの比喩は、否定的な意味で用いられているが、その前後の描写は、同時にクィルプを思わせもする。

[27] 佐々木徹もこの『ドンビー父子商会』の一節との類似を指摘している（「ディケンズと靴墨」11-12, Sasaki 83-84）。これらの記述は、もちろん『跛の悪魔』の「私は魔力を使って家々の屋根を取払い、夜の闇を突

き通して、その内部をあなたの目に見えるようにしましょう」(Ch 3) というアスモデの台詞を起源とするだろうが、『跛の悪魔』と比較すると、両者の相違にも気づかずにはいられない。また、Raymond Williams は、『ドンビー父子商会』のこの一節に関して、「家々の屋根を取払い、人々の怠慢と無関心が生み出した社会の状況や幻影を示すあの力強く、慈悲深い手は（略）、小説家の手だ。ディケンズは自分自身の姿をそこに見ているのだ」(156) と述べて、ここでの語り手の作業を作家の書く行為と重ねている。

[28] もっとも、『跛の悪魔』の語り手はいわゆる全知の 3 人称の語り手で、じつはアスモデではない。しかし、ドン・クレオファスを導いて物語を推進するアスモデの役割は、語り手のそれに等しいし、ディケンズ自身もアスモデを語り手、あるいは語りの視点と結びつけて考えているのは明らかだ。

引用文献

Brennan, Elizabeth M. "Appendix L." *The Old Curiosity Shop*. Oxford: Clarendon, 1997. 635-38.

Dickens, Charles. "A Christmas Carol." 1843; *The Christmas Books*. Vol.1. Harmondsworth: Penguin, 1971.

_____. *American Notes for General Circulation*. 1842; Harmondsworth: Penguin, 1972.

_____. *Dombey and Son*. 1846-48; Harmondsworth: Penguin, 1970.

_____. *Master Humphrey's Clock and A Child History of England*. Oxford: Oxford UP, 1987.

_____. *The Letters of Charles Dickens*. Vol. 1. Madeline House and Graham Storey eds. Oxford: Clarendon, 1965.

_____. *The Letters of Charles Dickens*. Vol. 2. Madeline House and Graham Storey eds. Oxford: Clarendon, 1969.

_____. *The Letters of Charles Dickens*. Vol. 4. Kathleen Tillotson ed. Oxford: Clarendon, 1977.

_____. *Nicholas Nickleby*. Oxford: Oxford UP, 1990.

_____. *The Old Curiosity Shop: A Tale*. 1840-41; London: Penguin, 2000.

_____. *The Old Curiosity Shop*. Oxford: Clarendon, 1997.

Eagleton, Terry. *Criticism and Ideology: A Study in Marxist Literary Theory*. 1976; London: Verso, 2006.
Ford, George H. "Little Nell: The Limits of Explanatory Criticism." *Dickens and His Readers: Aspects of Novel-Criticism Since 1836*. New York: Gordian Press, 1955; 1974. 55-71.
Forster, John. *The Life of Charles Dickens*. 2 vols. London: J. M. Dent and Sons Ltd. 1980.
Kaplan, Fred. *Dickens: A Biography*. London: Hodder and Stoughton, 1988.
Le Sage, Alain Rene. *The Devil upon Two Sticks, or the Crippled Devil. In French and English*. 2 vols. 1795; Eighteenth Century Collections Online Print Edition.
Lucus, John. *The Melancholy Man: A Study of Dickens's Novels*. Brighton: Harvester, 1980.
Page, Norman. "Notes." *The Old Curiosity Shop: A Tale*. London: Penguin, 2000. 557-76.
Pearson, Hesketh. *The Life of Oscar Wilde: A Biography*. Menthuen, 1946; Twickenham: Senate, 1998.
Sasaki, Toru. "The Connective in *Dombey and Son*." *Dickens in Japan: Bicentenary Essays*. Eiichi Hara, et al. eds. Osaka Kyoiku Tosho, 2013. 79-89.
Schlicke, Paul. *Dickens and Popular Entertainment*. London: Allen and Unwin, 1983.
_____. "Introduction." *Nicholas Nickleby*. Oxford: Oxford UP, 1990. xiii-xxxi.
Slater, Michael. *Charles Dickens*. New Haven: Yale UP, 2009.
_____. *Dickens and Women*. London: J.M. Dent and Sons, 1983.
Tambling, Jeremy. *Going Astray: Dickens and London*. Harlow, England: Person Education, 2009.
Williams, Raymond. *The Country and the City*. Chatto and Windus, 1973; London: Hogarth P, 1985.
小池滋『ディケンズ――十九世紀信号手』冬樹社、1979.
佐々木徹「ディケンズと靴墨（下）」『Web 英語青年』2012 年 12 月．2-19.
松村昌家「『クリスマス・キャロル』――幽霊とアスモディアス」『ディ

ケンズ小説とその時代』研究社出版、1989. 107-17.
原英一「『骨董屋』」『ディケンズ鑑賞大事典』南雲堂、2007. 115-33.
ル・サージュ「悪魔アスモデ」『悪漢小説集』集英社版世界文学全集 6.
　　集英社、1979. 133-342.

ハーディの『窮余の策』と英(イギリス)ロマン派
——G. クラブ、P・B・シェリーとオースティン——

森松　健介

　ハーディがロマン派の楽観的世界観（20世紀初頭にT・E・ヒュームやバビットが痛烈に批判した世界観）に対して、ヒュームやバビットに先駆けて否定的な態度を表明したことは、彼の初期3詩集に著しく見られる。彼はダーウィンの見解を大歓迎した青年であった。ロマン派の主流が示した、慈愛に満ちた《自然》という考え方、またそれと連動する、楽観的な人間存在観から脱出することが、彼の詩における基本的な態度であった。これについては旧拙著『十九世紀英詩人とトマス・ハーディ』のなかで繰り返し例証したとおりである。

　しかしこの小論は、逆に、彼がどのようにロマン派からの影響を新たな文学作品を産むために活かしたかの話のいわば序論として、彼の公刊第一小説を取り上げる。そもそもハーディは、詩作から執筆活動を始めたのだった（小説を書く5年近く前から、多くの詩を書き、雑誌社宛に投稿して没にされた。それらは小説を書き終わった後の初期数詩集に収録された）。小説を書くに当たってさえ、過去のイギリス詩からの影響は大きかった。このことは、新ウェセックス版のハーディ全集とその後のペンギン版、エヴリマン版等の施注、また大阪教育図書の『ハーディ長編全集』各書の注釈を縦覧すれば誰しも納得することである。そして特にイギリス・ロマン派（18世紀後半の、いわゆる前期ロマン派を含む）からの影響は大きかった。

1　クラブからの影響

　ここで取り上げる『窮余の策』(*Desperate Remedies*, 1871) には、

経済的な観点からの社会の権力構造の認識（それともう一つ、婚外子を産んだ女性への差別に対する抗議）という、ジョージ・クラブ(George Crabbe, 1754-1832) からの影響が強い（後述のとおりシェリーからの影響も大きいが）。ハーディは少年時代からこの詩人を熟読し（ハーディが身近に手にしたのはクラブの子息が編纂した、ジョン・マリー社刊『クラブの生涯と詩作品』で、1861 年発行。そのほかの版も 60 年代前半にロンドンの図書館で読んだだろう。クラブは今日以上に、19 世紀には広範に読まれていた）、後年、社会状況の正邪の問いかけとそのリアリズム的表現についての、クラブからの恩恵を口にした (Rutland 12-3)。

　生い立ちと社会階層の上での出自がクラブと似ていたこともハーディを惹きつけた原因であろう。クラブは下層階級の上部（父は関税関係の小役人）から出て、港湾労働者、薬剤師の手伝いなどを経た。ハーディも下層階級の上部（父は石工の親方）の生まれで、建設業者の手伝いから人生をはじめた。両者ともに、首都ロンドンから遠く離れた田園地方に暮らす人びとの生活ぶりを肌で感じながら育った。1904 年のクラブ生誕 150 年祭にもハーディは、農村リアリズム文学の魁(さきがけ)としてのクラブを讃える気持ちから出席している (*Life* 327)。

2　クラブの「村」

　クラブは代表作「村」(*The Village*, 1783) のなかで、鋭いリアリズムの手法を用いた。旧来のパストラル詩歌が、まるで農村が天国で、そこには貧者がいないかのように歌う伝統に従って書かれてきたことを激しく非難したのである。詩人というものは、当時の教区救貧院の非人道性を曝き、また救貧院の高齢者の運命をこそ主題に選ばねばならないとして、

　　老齢が、その衰弱の時間に最後に見いだすものについて、

何が貧者たちの現実の姿をかたちづけているかについて、
——これらについてこそ歌を歌わねばならない。　　（「村」I. 4-6）

と書いた詩人である。またクラブの、特徴的な社会問題の扱いは、大長編『都邑』(*The Borough*, 1810) のなかの次に示す一例に集約されているのが見えるであろう。

3　ピーター・グライムズ

　それは同作品第 22 書簡の主人公ピーター・グライムズの扱いである。ピーター・グライムズは、ブリテン (Benjamin Britten, 1913-76) の同名のオペラ (1945) の主人公。ブリテンではピーターを通俗な世間から理解されない、社会の犠牲者とするなど、原作を根底から改変して、クラブとは別個の主張をした。ブリテンはピーターのモデルとされた、17 人の徒弟を次々に雇って虐待した実在の親方が、「自分が生きていくこともできないくらい貧しかった」(Hatch 108) ことを知っていたのかもしれない。しかしクラブでは、ピーターを権力者側の人間に仕立てて、社会構造への抗議を主題化している——漁業に携わり、親方となるピーターが、従順な少年徒弟を身近に欲しいと思っていたところ、身寄りのない男の子が斡旋屋を通じて手に入ることを噂に聞いた——

　　当時ロンドンにはなお、
　　救貧院の邪魔者排除の斡旋屋が存在すると判ったのだ！　彼らは
　　正義や親切の感情には頓着せず、丁稚(でっち)がいなくて困っている商人(あきんど)に
　　教区の庇護下の少年を、徒弟として売り渡すのだ。
　　彼らは必要上僅かな斡旋料を取りはするけれども
　　哀れな孤児たちを働きずくめの奴隷として売り渡してくれる。
　　　　　　　　　　　　　　　　　　　　　　　　(XXII, 59-64)

4 孤児、捨て子と社会の権力構造の問題

　この当時、教区ごとの独立採算制だった貧民税の高騰を招くために、教区の邪魔者と見なされた孤児（孤児が多ければ貧民税は高くなる）を教区の救貧院から連れ出してくれるから、斡旋屋には教区からも報酬が支払われる。これは明白な奴隷売買である（こんにちの日本でも、私的な職業斡旋業ができて、非正規の労働者を動かしている）。18 世紀末には、急増した徒弟に出される子どもについては、将来の浮浪者や乞食の数を増やさないための「貧民の子を職に就かせる」良策としてこの種の斡旋業は是認されていた (George 224)。こうして手に入った孤児を扱う親方（ここではもちろんピーター）は、こんにちの日本に見られるブラック企業の近世版であった。その雇用実態は「努力しても徒弟は罰され、食事が与えられなかった / 目覚めれば 虐待を受け、眠りからは早ばやと起こされた」（第 22 書簡 80-1）のであった。この状況を生みだした原因を簡略化してみよう——貧民階級での妊娠した女性の恋人による遺棄、その子を産んだ母親の困窮、やむを得ざる捨て子の流行、生まれながらにして貧民となる運命の子らの続出、捨て子・孤児の数の増加、これを養育する義務を負う各教区と救貧院の困惑、教区からの孤児放出という厄介払い（この際、厄介者＝孤児を引き取ってくれる斡旋屋は教区の救い主だった）による教区財政の《健全化》、孤児を労働力として末端の業者（＝親方）に売る斡旋屋の悪徳、カネを払って手に入れた孤児への雇い主（親方）による虐待という、この社会構造から来る悪徳の連鎖が生じるのである（オペラが、グライムズに恋人をあてがい、二人に極めて同情的に描くのは、こうした時代背景とは完全に絶縁した作り直しである。町の人びとの衆愚的な意見が、個々人の事情を考慮に入れずにピーターを断罪するたぐいの、人間社会の欠陥を描いてはいる）。この連鎖状に連なる社会構造の悪の描出が文学作品の主題になりうることを公然と示していたクラブの筆致が、特にハーディの称賛の念に繋がったと思われ

る。またイギリス・ロマン派全体の一つの主張が、社会が構造的に悪徳を生みだしていることへの抗議であったことを私たちは意識しておく必要がある。ブレイクとシェリーもこの点で傑出していた。

5 ハーディもクラブと類似した主題を埋め込む

　同じようにハーディは、『窮余の策』のヒロイン、シセリーア・グレイがヴィクトリア朝の社会構造の悪に巻き込まれるさまを描き出し、そこにこの小説の最大の美点が見えてくる。ヴィクトリア朝の小説読者は、主として中産階級（支配階級の一端・21世紀日本の中産階級より遙かに体制内的なエリート）以上の保守層であったから、これから作家として立とうとする人物には社会構造批判は得策ではなかった。事実ハーディは、処女小説『貧乏な男と令嬢』（*The Poor Man and the Lady*, 1870, のちに破棄。階級的偏見から愛する令嬢と結婚できない男を描いたストーリーの骨子だけが『女相続人の生における無分別』[*An Indiscretion in the Life of an Heiress*, 1878] として残った）の出版に漕ぎつけることができず、メレディス (George Meredith) の「階級社会批判は批評家の攻撃を受けやすい」という主旨の助言に従って、第二作『窮余の策』を書くに当たっては、このテーマを表面テクストの裏に隠然と横たわる副次テクストとして埋め込んだのであった。次に見るとおり、作品の至るところに階級差による主人物たちの苦しみが描かれる。

6 『窮余の策』概観

　『窮余の策』はウィルキー・コリンズ (Wilkie Collins) ふうな、扇情的な推理小説だとされるのが普通だが、それは表面テクストだけを見た場合の評である。後年1896年版の「作者まえがき」に見えるとおり、世間の悪評を浴びた『テス』と『ジュード』の階級問題、女性の結婚の妨害となる過剰な処女信仰、セクシュアリティ

の抑圧問題が、すでにこの公刊第一小説の隠されたテクストとして入りこんでいた。女主人公シセリーアの父は建築技師（知的中産階級）だったが、高所から墜落して世を去った。父には借財があったことが判り、シセリーアと兄は、零落した中産階級として苛酷な生活を余儀なくされた（ヴィクトリア朝の小説読者階層には、ロマン派が詩のなかに躊躇なく登場させた貧民はあまりにも自己と縁遠い存在だったので、世に出なければならない当時のハーディは、貧民の代替者として零落した中産階級を登場させる）。シセリーアは、女中（下層階級）も同然の話し相手（中産階級の最下層、ブロンテ姉妹が描いた家庭教師と同じく、貧しく、雇い主の権力に屈するしかない）としてオールドクリフ夫人の大邸宅（中産階級の最上層）に住み込む。シセリーアがまもなく知ったことは、夫人もまた、珍しい名前のシセリーアであること、自分（2代目シセリーア）の亡父に愛されながら突然姿を消した女性であること、亡父の肖像をロケットに入れて肌身離さず持ち歩く女であることであった（夫人は17歳のとき従兄に騙されて婚外子を産み、この過去が真の恋人［2代目シセリーアの父］に許されないと感じて身を隠し［ここに結婚に伴う過剰な処女信仰、セクシュアリティの抑圧問題が入りこむ］、相続によって大邸宅の主となった）。2代目シセリーアが恋したエドワードという男はオールドクリフ夫人の借家人（下層階級）の息子で、すでに別の女と婚約関係にあることも判った。夫人は土地管理人を公募したが、弁護士がエドワードを適任として推したのに、マンストン（これが上記の婚外子、つまり夫人の実子）という男を雇い入れた。マンストンは2代目シセリーアに恋をし、自分が既に結婚していることを嘆いた。彼の留守中に妻が訪ねてきて、夫が留守だったためやむなく宿泊した旅館（上記エドワードの父の経営、しかしこの地所と家屋はオールドクリフ夫人の所有）が火事になり、マンストンはこの火事で妻が死んだと主張した。自分の母ミス・オールドクリフに、自分の出生の秘密（婚外子を産んだ母親は、ヴィクトリア朝では特に爪弾きされた）を知っていること

を明かし、願いを聞き入れなければその秘密を暴露すると母親を脅迫し、自分とシセリーアとの結婚実現のために尽力せよと脅し、まず手始めにシセリーアの恋人エドワードの父に、彼の不注意で焼失させてしまった家屋（女地主として母親には再建を要求する権限がある）の再建を要求せよと迫る（それは経済的に、その父親には不可能と彼は最初から読んでいる）。次の手だてはエドワードと婚約者（シセリーアとは別人で、親の言いなりにエドワードが婚約してしまった女）とが結婚することを条件に、この家屋再建を免除し、こうしてエドワードとシセリーアの縁を完全に切るという方策である。経済的に追いつめられた店子（エドワードの父親、地主の階級的権力に対抗できない）に対して、ヴィクトリア時代の地主の権力を用いて、シセリーアのエドワードとの結婚願望を断とうとする奸計である。

7 ヴィクトリア時代の権力と慣習

　まだあらすじの途中であるが、ここまでのストーリーのなかに私たちが読みとるべきことは、ヴィクトリア時代の権力構造と慣習的思考様態（ミス・オールドクリフもまた、前述の《秘密》をネタに、我が子に脅迫される慣習の被害者）、またそれらによって生じる女や貧民の苦しみである。この権力構造から逃れようのないシセリーアⅡ世の苦悩が強調される。つまり、こうしたことへの抗議が、つまり反体制的姿勢が、この小説の《副次テクスト》を成している。

　シセリーアを意に染まない結婚へと追い込む小説上の装置は、このあとにも当時の経済的権力関係によって作り上げられる。すなわちシセリーアの兄が、脚の病気で働けなくなる怖れが生じ、その治療のためには多額の金銭が必要になった。マンストンは母を説得して、シセリーアⅡ世に向かってこう言わせる――「シセリーアさん、もしマンストンと結婚するなら、お兄さんに格別の援助をしま

すよ」。このような筋書きの展開におけるハーディの意図は、個人の恋愛の自由に立ち勝る経済構造の強制力の優勢を読者に印象づけて、《副次テクスト》の主張を読者に手渡すことである。この本質的主題においてこそ、前記のクラブの、経済的社会構造が産み出す非人間性の問題、権力者とその前には無力な被抑圧階層の苦悩を、完全にハーディは受け継ぐことになるわけである。

8 クラブと婚外子を産む女性の悲劇

マンストンという婚外子を登場させたハーディは、これまたクラブから影響を受けたのではないかと思われる。婚外子を産むことによって生じた女性の悲劇で、最も有名なクラブの作品は、長編物語詩『教区の記録簿』(*The Parish Register*, 1807, 実際には『詩集』のなかの一編だが、長編であるから単行本扱い)第一部「洗礼の記録」('Baptisms')に収められた粉屋の娘ルーシーの哀話である(原詩 277-402 行)。これは日本でも今から 81 年前(1934 年)に大和資雄氏の『クラブ』に詳しく紹介されている(大和 59-61)から、ここでは、大和氏の引用しなかった部分を紹介するにとどめたい。

> 私たちの村を優美に飾ってくれた美女全てのなかでも
> 粉屋の娘は格別に美しい顔をしていた。〔……〕
> 俺様の大事な娘は、美しさにふさわしく金持ちにならなきゃ。
>
> (283-84; 288)

娘の夫として粉屋が認めるはずもない貧しい船乗りが、彼女の美貌に惹かれるだけではなく粉屋の財産にも目をつけて、新しい綺麗な衣服を身にまとい、ルーシーを追いかけ始める。ルーシーは頑なな父の性格を話して求婚を断るが、船乗りはあえて粉屋と直談判をし、その結果、お前よりましな夫を見つけるために我がルーシーに手をつけるなと断られる(291-334)。ところが恋人たちは、父の意

志に反して結ばれてしまった。

> ルーシーは既に花嫁も同然だったが、恋によって結ばれた二人を
> 法的に結びつけてくれる聖職者を、見つけることが出来なかった。
> (337-38)

　ルーシーは結婚の約束だけではなく、「与えることの出来る全て」
(346) を彼に与えてしまう。その挙げ句、妊娠し、大きくなるお
腹を隠せなくなってくる。

> 最初は囁き声のゴシップが、様々なパーティで聞かれた。
> やがてもっと大きな声の《スキャンダル》が村の緑地を歩んだ。
> 次にはお喋りの《暗愚》が、いや増す身重を語りまくり、
> お節介な《悪意》が、この噂を粉屋に伝えた。　　　　(357-60)

　ルーシーは父にも勘当されて実家での同居を許されず、子が産ま
れる前に船乗りは海へと逃げてしまう。しかしこの一件の語り手で
ある牧師は、『テス』の場合とは違って、人目を避けて産まれた子
に洗礼をほどこす。船乗り（次の話に出る水兵強制徴募隊に狙われ
やすかった）は水兵となっていたらしく、そのうち戦死の報が入っ
てくる。この女は、父が男性であるがゆえに婚外愛を楽しんでいる
ことを目撃する。『窮余の策』と同様に、婚外子を持った女が社会
から疎外される話である。

9　同じく婚外子を産んだルース

　これと同じ主題を扱う話が、大長編物語詩『大邸宅での物語連
作』(*The Tales of the Hall*, 1819) にもある。その全編の語り手リ
チャードが、海港の町で人妻ハンナから聞き取った悲話を紹介する
という、ナラトロジー的に複雑な構造の効果も見せて語られる第5

話「ルース」がそれである。これは前記の話と違って、登場人物が善意の人びとばかりで、なおのこと悲劇は哀切なのだが、日本では知られていないと思われる。途中から語り手となる母親ハンナには「美しく、優しく、素朴な」娘ルースがいた。この娘がある善意の船乗りと知りあう（120-25）。彼はルースと結婚したいと漏らすが、彼女の両親は許さない。そしてそのあと、いかに人間の自然な生き方によって恋が発展したかが、この母親によって、統括的語り手リチャードに向かって語られる――

> リチャードさん、恋する心と心、優しい言葉、物言う目つき、
> このなかのどこに、危険が潜んでいるか、ご存知ないでしょう。
> だって恋する男女は、自分たちの目つきで、書物で読むほど
> はっきりとそれぞれの願いを語ってしまいますから。　　（141-44）

クラブが、人間の本性を認めながら母に語らせているのが読み取れるであろう。「喧嘩も一つの目的に役だった」（146-47）と母が言うとおり、この喧嘩とは男が彼女を求め、何度かは拒絶されたことを指す。だが自分は酷すぎたと思う娘の心には優しさが増大し、

> この優しさが何をもたらしたかは
> 母の口からお話しできません――あまりに心痛むことなので。
> 　　　　　　　　　　　　　　　　　　　　　　　　　（156-57）

そして二人は「堕ちた」、そしてこの墜落は「品位 ('Grace')」が支持してくれるものではなかった（158-60）、とこの品位という言葉で、母親は当時の慣習的、偽善的な道徳を指す。そこで両親も二人の結婚を認めて事を運ぼうとしたのだが、

> 日取りも決まりました。ですがその日がやって来ないうちに
> 恐ろしい噂が町中にひろがったのです。
> しばらくは眠っていた《戦争》が、新たに目を醒ましたのです、

水兵強制徴募隊がやってきて、海岸べりを一掃しました。
お婿さんになるはずの船乗りは捕らわれ、あっという間に連れて行かれました、
悪党たち（徴募隊）は、彼の結婚をさえ待ってくれませんでした。
野蛮な勝利の声挙げて、拉致していったのです。
残された私たちは皆、哀れな状況を嘆くだけでした。　　　(171-78)

　ナポレオン戦争当時の水兵強制徴募隊の非人間性は、ハーディも『ラッパ隊長』と『覇王たち第一部』で描くことになる。しかし個別強制徴募隊を超えて、これは権力というものの恐ろしさを示す一般的な寓意でもある。この母親が語るとおり「力が正義であり、暴力が法律である場合」には庶民はそれに屈するしかない。この意味で、クラブのこのナラティヴは、婚外子を産んだオールドクリフ（初代シセリーア）を登場させた『窮余の策』に大きな影響を与えたと思われる。なぜならこのあとルースには、婚外子としての男の子が産まれたからである。しばらくは、ルースは彼の帰国という希望を抱いた。だがやがて彼の戦死の報が届いた──これはやがてハーディの第二詩集収録の反戦詩群に影響を与える（「ルース」の残りの部分では、信仰を口にする新たな求婚者の肉欲だけの偽善を見抜いて彼女が彼を拒否し、子どもを残して入水自殺を遂げる──社会への抗議と感じられる。詩のなかでは、特にロマン派作品のなかでは、《死》は体制批判の意味をこめて用いられる）。

10　詩のなかにも婚外子の問題が

　ここでしばらくハーディの詩に眼を転じるならば、男に逃げられ、妊娠してしまった婚外子を堕胎しようとして、堕胎薬の毒素によって死ぬ娘（「日曜日朝の悲劇」詩番号155）、外国で隠れて婚外子を産み、自分の母親の子としてその子を連れて帰ろうと企てる大邸宅の令嬢（「大急ぎのデート」詩番号810）が描かれている。ま

た、かつて婚外子として産まれた子の死を悲しんで、蘇ってくれるなら「あの子の父が結婚してくれなかったことなんか、何でもなかったと世間に見せてやるのに」と嘆く母を描いた「死せる婚外子」（詩番号 857）は、ハーディ最晩年の作品だけに、生涯彼がこの問題をいかに重視していたかを伺わせる。今日の医学的統計によると、生みの親と別れた子のなかから詩人、音楽家も生まれると同時に、犯罪者等特異な性格もまた生じる比率が高いことが示されている。ハーディは 19 世紀中葉にあってこれを洞察していたかのように、母オールドクリフが、子を育ててくれそうな他人の玄関先に捨てたマンストンを、婚外子を徹底的に差別したヴィクトリア朝社会への抗議を籠めて（こう解釈することが重要だと思われる）、性格異常者として描いている。マンストンは妻が、前述の宿屋の火事で焼死したと主張しながら、実際には生きていた彼女を殺害して大きな家具の後ろの壁のなかに遺体を隠し、やがてこれが明るみに出て逮捕され、獄死する。

11 シセリーア・オールドクリフへの慣習の圧迫

　同時に、シセリーアという名、すなわち恋そのものを意味する女神キュテレイア（ギリシャ名。Cytherea と同語源）、すなわち愛と恋の女神アフロディテの別呼称から採られた名を持ちながら、女領主ミス・シセリーア・オールドクリフが、婚外子を産み、それを遺棄し（とは言え、遺棄のあとこの子の養育に、密かに最善を尽くしている）、それゆえに実質上社会から疎外された一生を送ったことも描かれるわけである。確かに彼女は、姓オールドクリフ（古い崖＝彼女を取り巻く旧来の侵しがたい慣習）が暗に意味するとおりの権力的な女領主となってからは、慣習の押しつけ役を演じざるを得ない境遇に追い込まれてはいる。しかし彼女自身がヴィクトリア朝の慣習の犠牲者であったことは、若いほうのシセリーアへの彼女の末期の告白がはっきりと証している——次の引用中の「惨めな娘」

とは語り手オールドクリフ自身を指す。

> ある夜、その惨めな娘が、赤ちゃんの生まれたドイツから、両親とともに帰国した直後、娘は所持金の全てを持ち出し、手紙を添えて赤子の胸にピンで留めました〔……〕そしてその子をあの玄関階段に置いたのです〔……〕その家の人たちが子を抱き上げ、家のなかに連れ込みました。〔……〕その子を育ててくれた女性の姓がマンストンでしたの。　　　　　　　　　　　　　　　　（第21章）

——彼女が告白の相手として若いシセリーアを選んだのは、彼女の真の恋人が自分の名を愛娘に与えていたことに対して感激していたこととともに、若いシセリーアの容貌のなかに明らかに恋人の面影を見てとっていたからだとこの場面は感じさせる。しかもこのとき、彼女は我が子マンストンの獄死を既に知っている。当然彼女は、ヴィクトリア朝慣習の犠牲者として、私たち後年の読者の脳裡に現れるのである。

12　他のロマン派詩人からの影響

　さて、クラブからの影響だけではなかった。『窮余の策』のなかにシェリーを初めとするロマン派詩人たちからの引用が多用されていることは早くから指摘されている (Rutland 14-5；Pinion '77: 10)。シェリーについては『窮余の策』第2章の終わり、第3章の2にも引用がある。ピニオンはこれに加えてコリンズ（William Collins, 『窮余の策』第12章参照）、グレイ、バーンズ (Robert Burns)、ムア（アイルランド・ロマン派詩人 Thomas Moore, 第15章）ワーズワス、キーツからの引用を指摘している。さらにドゥ・クインシー（第12章）、ヴィクトリア朝のロマン派というべきD・G・ロセッティ（第5章）やR・ブラウニング（第3章）の影響もここに挙げておきたい。しかし引用されているだけではなく、作品の本質に食

ハーディの『窮余の策』と英ロマン派　　69

い込むように用いられているのは間違いもなくシェリーである。

13　『窮余の策』とシェリーの「ランプが粉々に」

　『窮余の策』(初心なヒロイン、シセリーア・グレイは恋人エドワードの誠実を信じているが、これを中年女性シセリーア・オールドクリッフがからかう場面＝第6章の1) ではシェリー『没後出版詩集』(1824) 所収の有名な「ランプが粉々になると」('When the lamp is shattered...') から最終第4連の4行を引用する——

　　　　恋の情火はお前を揺さぶるだろう
　　　　ちょうど嵐が、空高く跳ぶ大鴉を揺さぶるように。
　　　　明敏な理性がお前を嬲るだろう、
　　　　ちょうど太陽が、冬の空から嘲るように。
　　　　Love's passions will rock thee（原詩では冒頭は Its）
　　　As the storms rock the ravens on high;
　　　　Bright reason will mock thee
　　　Like the sun from a wintry sky.

　原詩ではこのように美しい一節が、まるで予言であったかのように、シセリーアⅡ世はエドワードへの恋に揺すぶられながら、兄を救うという理性による行動によって、運命に嬲られる方向にストーリーが進む。すなわち、エドワードを諦めよとの、雇い主オールドクリフからの要求に応じた場合にのみ、兄は脚の疾患への治療費が（オールドクリフから）得られるのであった。シェリーの原詩全体が示す、美しいもの・良きものが儚く消え去るイメージを、ハーディは本質において理解した上で、これをシセリーアの恋について用いている。

14 シェリーの「含羞草(センシティヴ・プラント)」と『窮余の策』

またこの小説第 13 章の 5 でシェリーの中編抒情詩「含羞草(おじぎそう)」('The Sensitive Plant', 1820) に用いられた、流れのある美しい庭が応用されているが、これは暗黙のうちに、この美しさがもろくも崩れ去ることを示唆する。なぜなら「含羞草」では、《夏》が終わり、庭を愛した女性も世を去ってしまう——すると、庭園の花たちは喪に服すように青ざめ、うなだれるからである。シェリーの原詩が、自然美よりも物質的利得・権益を優先する風潮によって引き起こされたことを象徴する《夏の終わり》と、自然美や人の感性を大切にした女性の死をも象徴的に示しているとおり、ハーディの小説は、シセリーア・グレイ (II 世) の純情が、兄を救うための経済的配慮から愛のない結婚を選ばざるを得ないことで損なわれることを象徴する。いわば美しいものより便益が優先されることへの嘆きを、この場面で深い抒情とともに表現していると思われる。というのも、シェリーの原詩の後続部分は

> 薔薇の花びらは、朱色の雪片さながらに
> 根元の芝生と青苔に舗装を施し (訳注:散り果て)
> 百合の花たちは、うなだれ、白くまた蒼く
> 死にゆく人の顔と肌のようだった (III, 26-9)

からである。ハーディはこの部分を意識している。

15 シェリーの『没後詩集』からの影響

また第 2 章末尾の引用は、シェリーのあまり知られていない『没後詩集』中の恋愛歌「——に与える」("One word is too often profaned...") から採られていて、「ある一つの希望はあまりに絶望に似ている / これは思慮によっても抑えきれない思いだ」(*ll.* 5-6)

という言葉で、「ある一つの希望」、すなわち真摯な恋情の激しさを示している。これもまた、この引用を頭に浮かべたエドワードだけではなく、シセリーアの思慕、いやハーディ小説の圧倒的多数に描かれる恋の本質を見事に示している。また第3章の2に現れるシェリーの（これも『没後詩集』所収）有名な「ナポリ近郊で、失意のうちに書かれたスタンザ」第7行の「ただ一つの歓びが発する多数の声」は、恋を胸に抱くとき、風、鳥たち、海原の波、ロンドンの騒音などすべてが《独り居》の優しさとして聞こえるというシェリーの原文を十二分に活かした、自然界と人間界すべてが一体となって優しさを奏でる、シセリーアとエドワードの初めてのキスの歓びの表現である。

16 ミラー曰く、ハーディはシェリーを鏡に映す

　上に見たのはシェリーの個別の詩からの直接的な影響である。しかしこれ以上に本質的なこととして、シェリーからの影響は、この公刊第一小説以降、ハーディの作品すべてに及んでいることをここで見ておきたい。

　まずヒリス・ミラーの、大いに適切な言葉を引用しよう——

> ハーディの著作には〔……〕シェリーの著作の谺たちがあまりに多数棲みついているので、当初から最後に至るまで、彼の作品は大規模なシェリーの解釈であると定義されてもほとんどおかしくないだろう。それも私たちが持ちあわせている最優秀の解釈である。〔……〕ハーディがシェリーの言っていたことを熟知していたことは〔……〕作品のなかにシェリーからの明白な引用類をアイロニックにも適切に用いていることから示唆されている (Miller'85: 115)。

　——またハロルド・ブルームもハーディ小説を定義して「『イズラムの叛乱（初稿では『レイオンとシスナ』）』と『エピサイキデオ

ン』の詩作法を、自然主義的小説と考えられているものへと転化した」作品だとハーディ小説論各書の、同じイントロダクションで繰り返し述べている（Bloom 各書 2）。実際、ハーディの文学的著作の始まりはシェリーと関連が深かった。そしてその始まりから、終生シェリーへの敬愛の念は変わらなかった。

17　イギリス最大の抒情詩人シェリーの宿に

　以前に英文で紀要論文に引用したハーディの言葉を、ここに日本語で示すことを許されたい。彼が 9 歳のころ母親と宿泊した旅館について「それは、まだ 20 年と経たない昔に、シェリーとメアリ・ゴドウィン（シェリーの後妻となる女性）が週末ごとに逢い引きした宿であった。それに私たちが投宿した〔……〕部屋は、我が国の最も素晴らしい抒情詩人が泊まったのと同じ部屋だったかもしれない」(*Life* 17) として、彼は誇らしげに描いたのだった。傍点部は筆者によるものだが、ハーディが詩人シェリーをいかに高く評価していたかを如実に示す言葉である。

18　シェリーの宇宙感覚

　ヒリス・ミラーが「当初から」と語るとおり、最初期の 1865 年、ハーディは詩「幻のなかを私はさまよった」('In Vision I Roamed', 詩番号 5) で、遠い存在でしかない恋人を歌う語り手は、地上の遠方に住む彼女が、宇宙空間に居る場合と較べて何と近い存在であるかと考えて自分を慰める——ここにシェリーの『マブの女王』(*Queen Mab*) の宇宙感覚が受け継がれていると見てよいであろう。なぜなら上に見たとおり、この 1865 年、彼はシェリーの詩集 (*Queen Mab & Other Poems,* 1865, Miliner) を座右において著作をしたからである。また比較的初期の詩作品「月蝕に際して」（詩番号 79）は、月面に映し出された地球の姿から人間の矮小さと愚かさを揶揄

する詩編で、ここにもシェリー譲りの宇宙感覚がみなぎっている。ハーディの『覇王たち』はなおのこと『マブの女王』の宇宙からの俯瞰、全宇宙的に眺めた人間界の諧謔化を受け継ぐ（森松 2011B、「解説」参照）。

19 オースティン等のロマン派的な恋愛観の継承

　話を次に移せば、これ以外にもハーディはロマン派的なものを受け継ぐ。ジェーン・オースティンは感性のみを重視して分別をなおざりにするロマン派を批判したと解されるのが普通だが、その六大長編全ての大団円においては、恋愛に関する彼女の扱いはむしろロマン派的な、すなわち男女間の愛情における《誠実》が全人生の幸福の保証であるという考え方が支配的であることが判る。上記のシェリーが、ウィーン体制の世界を非難して書いた、シェリー作品のなかでも極めて反体制的な『レイオンとシスナ（イズラムの叛乱）』では、初稿での恋人同士は兄妹で、『イズラムの叛乱』として書き直したときの二人は兄妹ではなくなるが、このように反慣習的な恋を設定しようとした作品においてさえ、（レイオンとシスナの死をものともしない相互の愛のように）男女の愛の恒常性がロマン派らしさを感じさせる。同じシェリーの「アラスター」では、《詩人》が非存在でしかない《自然の女神》に感じる恋情も徹底的に恒久的な熱愛である（森松 2011A 参照）。キーツの『エンディミオン』の、人と、超自然的な月姫との恋でも不変の愛慕が特徴的である。バイロンの『海賊』のような、反慣習主義の極致のような作品においてさえ、主人公コンラッドは、（新たに美女グルネアラに慕われるにもかかわらず）行方不明のメードーラ（結婚制度のない海賊島での、実質上の妻）への愛と忠誠を断ち切ることをしない。バイロンの『マンフレッド』の主題と言ってよい異母姉への恋（作品内だけではなく、現実界でもバイロンは異母姉を熱愛）という、超世俗的恋においても、それは至誠の、永遠の愛である。

『窮余の策』はこのような篤実な恋情をロマン派詩歌から受け継ぐだけではなく、イギリス小説伝統の上でも明らかな、《誠実な愛》という価値観をストーリー・ラインの中核に据えている。そして特にこの点で多くを負っているオースティンの『感性と分別』について（以前にも似たことを指摘したが）見ておきたい。

20　『感性と分別』と『窮余の策』の類似性

　最初に目に付くのが、ヒロインの恋人で望ましい人物として登場する男性の名が双方ともエドワードであることだ。次いで両思いであることが当事者二人に知れたあと、両作品のエドワードが、曖昧にされたままの《事情》によって恋人から去っていってしまい、その後永らく消息を絶つことも完全といっていいほど同じである。また両エドワードが愛情もなく婚約していた相手の女（上記の《事情》にからむ女）が、真実の愛を分かちあっているヒーローとヒロインの結婚をすんでのところで不可能にすること、しかしこの《事情》と他の諸障害が解消されて、《誠実な愛》の実践者二人の結婚という結末が添えられることも、偶然の一致とは考えられない。『感性と分別』では、さらにブランドン大佐も《誠実な愛》の実践者であり、その愛は報われる。そしてヒロインのヒーローとの結婚の夢が破れそうになる瞬間に、サスペンスを経たのち、形成が逆転する点でも、二つの小説は酷似しているし、建物の描写が象徴的に主題に食い込む点もそうである。ハーディはおそらく筋書きの設計に、『感性と分別』を用いたであろう。

　また『感性と分別』のウイロビーがロンドンに旅立って、次女マリアンヌと実質上別れる成りゆきも、上記『窮余の策』のエドワードの上京と似ている。『感性と分別』ではこれ以前に、一七歳の女性（ブランドン大佐の養女）がウイロビーによって妊娠させられた挙句に捨てられているが、これはミス・オールドクリフが一七歳のときに従兄によって陥（おとし）れられた境遇である。また、『窮余の策』

のエドワードが不本意に婚約していた女が別の男と結婚するが、それが好ましくない男だと読者には感じられることも、『感性と分別』のルーシー・スティールが結婚する相手が作中で風刺の対象とされていた男であったのと似ている。

イギリス・ロマン派のハーディへの影響は、公刊第二小説以下、ほぼ全作品に見られるが、それは数年後（本誌次号に）纏めて発表する予定である。

引用・参考文献

Bloom, Harold(ed.). *Modern Critical Interpretations: Jude the Obscure*. Chelsea House, 1987. 他にも Bloom 編のハーディ小説論各書あり。

Crabbe, George (ed. Adolphus William Ward). *Poems*. Cambridge English Classics, 3 vols. Cambridge UP, 1905.

Fisher, Joe. *The Hidden Hardy*. Macmillan, 1992.

George, M(ary) Dorothy. *London Life in the 18th Century*. Trench, Trubner, Kegan Paul, 1930.

Hardy, Thomas (ed. James Gibson) *The Complete Poems of Thomas Hardy*. Macmillan, 1976.

_____. *Pocket Wessex Editions & New Wessex Editions*. Macmillan.

Hatch, Ronald B. *Crabbe's Arabesque: Social Drama in the Poetry of George Crabbe*. McGill- Queen's UP, 1976

Marshall, Dorothy. *Dr. Johnson's London*. John Wiley & Sons, 1968.

_____. *Industrial England 1776-1851*. Routledge, 1973.

Miller, J. Hillis. *Thomas Hardy: Distance and Desire*. Harvard UP, 1970.

_____. *The Linguistic Moment: From Wordsworth to Stevens*. Princeton UP, 1985.

Millgate, Michael (ed.). *The Life and Work of Thomas Hardy: By Thomas Hardy*. Macmillan, 1984.

森松健介 (2011A) "P. B. Shelley's 'Alastor' and Hardy's Poems"（英文）、『人文研紀要 65 号』、中央大学人文科学研究所、2011.

_____. (2011B)（訳）『覇王たち 1』、大阪教育図書、2011.

Pinion, Frank B. *Thomas Hardy: Art and Thought*. Macmillan, 1977.

_____. *Hardy the Writer: Surveys and Assessments*. Macmillan, 1990.

Rutland, William R. *Thomas Hardy: A Study of his Writings and their Background*. Basil Blackwell, 1936.
Shelley, Percy Bysshe (eds. Matthews & Everest) *The Poems of Shelley*. Vol. I & II, Longman, 1989, 2000.
大和資雄『クラッブ』、研究社英米文学評傳叢書 30、1934; 復刻版 1980.

「不運」の美学
――『帰郷』に見られるハーディ文学の特質――*

廣野　由美子

はじめに

　ハーディ (Thomas Hardy) の大部分の小説は、登場人物が不運な出来事の連鎖に巻き込まれ、もがけばもがくほど深みにはまってゆくという構造的特色がある。運命に虐げられるがごとく、悲惨な目に会う人々を描いた話。そのような小説の面白さとは、いったいどこにあるのだろうか、という問題から出発してみよう。たしかに、主人公の願望が実現する物語を読むのは爽快かもしれないが、それは一時的な楽しさに留まりがちである。本を置いて私たちが戻ってゆく現実生活は、それに比して、むしろ思い通りにならないことで溢れていると言ってよいからだ。「不運」は、我が身に降りかかるときには興をそそらないが、文学的に表現されると、一種の浄化作用をもたらすというパラドックスを含む。挫折して人生と和解できない登場人物たちの、失望や欲求不満を追体験することによって、私たちの抑圧された感情が解放され、そこに面白さを感じる。つまり、アリストテレス (Aristotle) の言う「カタルシス」の文学効果が作用するのである。

　しかし、アリストテレスが『詩学』(*The Poetics*) で念頭に置いているギリシャ悲劇のように、身分・人格ともに高貴な英雄が出会う壮大な苦悩を描いた「悲劇」に対しては、ふつうの人間は、神話と同様、いくぶん距離感を覚える。それゆえ、そうした非凡な人物に降りかかる「不運」ではなく、ハーディが描く平凡な人々が日常で出会う個々の「不運」な出来事を見ると、読者は一種の既視感のようなものを覚えることがある。ごくふつうの人間がちょっとした不運に出会い、それが積み重なって行き詰ってゆくと、ついにはどうなるか。そして、どのような運命の断面が見えてくるのか。そうし

た考察は、本を置いて現実生活に戻っていったあとも、私たちの人生とそのままつながっているように感じられる。あるいは、俗っぽい表現をすれば、自分はハーディの作中人物ほど運が悪いわけではないといった卑近な感覚としても、実人生とつながった感じを味わわせてくれる。実人生の実感――これこそ、小説の面白さと言えるのではないだろうか。

『ダーバヴィル家のテス』(*Tess of the D'Urbervilles*, 1891) や『日蔭者ジュード』(*Jude the Obscure*, 1895) など、後期作品になるほど、主人公の「悪運度」はますますひどくなってゆくように思えるが、この傾向自体は、ハーディの小説では、初期作品から短編に至るまで一貫して見られる。本稿では、『帰郷』(*The Return of the Native*, 1878) を取り上げて考察する。これはハーディの7作目の小説で、約30年間にわたるハーディの小説創作活動のなかでは、はじめの3分の1あたりに差しかかった時期の作品である。[1] この比較的初期に属する作品のプロット展開のなかで、「不運」という要素は、どのような形で現れ、いかなる性質をもっていて、その奥にどのような意味が潜んでいるのだろうか。本稿では、科学思想の影響なども視野に入れつつ、これらの問題について探究することによって、ハーディ文学における「不運」の正体に迫ってみたい。

1 「不運」の事例

まず、『帰郷』のストーリーにおいて、具体的にはどのような「不運」が重なっているのか、事例を確認する。結末で、ヨーブライト夫人とユーステイシアが非業の死を遂げるに至るまでの出来事の連鎖を、以下に辿っておく。クリムがユーステイシアとの結婚をめぐって母親と対立するあたりを転換点として、不運の度合いが高まってくる。

クリムは母と対立して家を出る。翌日、トマシンが伯母ヨーブライト夫人を訪ね、お金がほしいと頼む。トマシンはクリムの結婚式に出席し、代わりに夫ワイルデーヴが金を受け取りに来るが、ヨーブライト夫人は彼を信用せず、断る。彼女は、この機会にクリムにも分け前の金を渡して、仲直りの印の贈り物にしようと計画し、亡くなった夫が遺した100ギニーを半分にして、クリムとトマシンにそれぞれ50ギニーずつ渡すようにと命じて、使用人クリスチャンを使いに出す。
　クリスチャンは道中で会った仲間に誘われて居酒屋へ行き、店の主人ワイルデーヴに、自分の使いの用向きを漏らす。ワイルデーヴに焚きつけられたクリスチャンは、彼と賭けをし、すべて巻き上げられてしまう。この様子を陰から見ていたディッゴリー・ヴェンは、賭けの勝負をワイルデーヴに挑んで圧勝するが、金の半分がクリムのものであることを聞き漏らし、100ギニー全部をトマシンに渡してしまう。クリスチャンから事情を聞き出したヨーブライト夫人は、金の行方を怪しみ、ユーステイシアに会って、ワイルデーヴから金を受け取らなかったかと尋ねる。ユーステイシアはこれを非難の言葉と解釈し、互いに激しい言い争いとなって、嫁と姑の関係はこじれてしまう。
　そのころクリムは目が悪くなり、学校経営の計画を中断して、エニシダ刈りの職に転じる。これに対して不満を募らせたユーステイシアは、憂さ晴らしに村祭りに出かけ、そこで偶然ワイルデーヴと再会する。二人を見かけたヴェンは、彼らの関係を疑い、ヨーブライト夫人を訪ねて、息子と仲直りするようにと勧める。その忠告に従って、ヨーブライト夫人はクリムを訪ねて行くが、ちょうどワイルデーヴと会見中だったユーステイシアは、誤解を避けるために扉を開けず、ワイルデーヴを裏口から出て行かせる。ユーステイシアは、クリムが母親を家の中へ招き入れたものと思い込んでいたのだが、彼が眠っていたことに気づいたときにはすでに遅く、ヨーブライト夫人の姿はない。息子が家に入って行くところを目撃していたヨーブライト夫人は、自分が締め出されたものと思い込み、絶望と疲労のあまり帰り道で倒れ、毒蛇に噛まれて死ぬ。
　真相が発覚すると、クリムは激高して妻を責め、ユーステイシアは家を出て、祖父の家に戻る。クリムは、妻に和解を求める手紙を出すが、その手紙は、行き違いでユーステイシアの手元には届かな

> い。ユーステイシアは、ワイルデーヴの手助けを借りて、パドマスへ逃げる計画を実行しようとするが、約束の場所に辿り着いたとき、持ち合わせの金がないことに気づき、絶望して川に身を投げて死ぬ。

　以上、ざっと事の流れを辿ることにより、いかに間の悪いことが一続きでつながっているかを示した。このような「不運」の事例の性質を見てみると、時間的なつながりや重なり方という「偶然」から、事態が生じている場合が圧倒的に多いことがわかる。なかでも最大の「不運」は、息子と仲直りしようとしたヨーブライト夫人の訪問と、ワイルデーヴのユーステイシア訪問、そして、クリムが野良仕事から帰宅して眠り込んだ時刻が、ちょうど一致したことだ。また、クリスチャンがヨーブライト夫人から預かった金が、ワイルデーヴへ、そしてヴェンへと渡ったのは、賭け事の勝敗という純然たる偶然から生じた結果である。

　人物の性格や心理が絡んでいる場合も見られる（上記では、このような事例に点線＿＿＿を付した）。トマシンに与える金をワイルデーヴに預けようとしなかったり、彼とユーステイシアの仲を疑ったりというような、ヨーブライト夫人の猜疑心の強さ。ちょっとしたことですぐに腹を立て、姑に食ってかかるユーステイシアの気位の高さ。さらには、端役のクリスチャンに至るまで、使いの途中で寄り道して、誘惑に負けて賭け事に手を出してしまうような心の弱さによって、重大な影響をもたらす。

　しかし、すべての心理的要因が、弱点や落ち度だけに根差しているわけではなく、むしろ「善意」から発した行動もある（上記では、このような事例に波線＿＿＿を付した）。息子と仲直りしようとするヨーブライト夫人の親心や、トマシンのために力を貸そうとするヴェンの親切なども、不運の引き金となっている。事が人間の心の善悪と無関係であるということは、まさにそれが人間の意志では制御できないことを示す。このように、時と場、状況、そして人間の性格や心理をも含めた「偶然」の要素が絡まって、事態が容赦な

く不運な方向へと加速度を増して進んで行っていることがわかるのである。

2 「不運」によって淘汰される条件

このような「不運」な出来事の連鎖の背後には、いったい何が隠れているのだろうか。そこには、もはや事の成り行きを決定する道徳的な秩序の存在はなく、いわんや人間の意志の支配力はほとんど認められない。ダーウィン (Charles Darwin) の『種の起源』(*The Origin of Species*, 1859) が発表されたのち、進化論の影響を受けて不可知論者となっていたハーディが、もはやキリスト教的な神の意志にプロットを支配させようとしていないことは、明らかである。

ここには、のちにハーディが叙事詩劇『覇王』(*The Dynasts*, 1904, 06, 08刊行) で前面に押し出した宇宙の「内在意志」(Immanent Will)[2]が、早くも顔を出しつつある。"Will" は、のちにハーディがショーペンハウア (Arthur Schopenhauer) の著書の翻訳を読んだり、事典で調べたりしたさいに見出した言葉で、[3] "Immanent" は、ハルトマン (Eduard von Hartmann) の翻訳にあった "immanent cause" という言葉から、ハーディがのちに借りたものである。[4] ハーディが、これらのドイツの哲学者たちから影響を受けることになるのは確かであるが、彼らの思想に出会って、初めてこのようなものの見方が芽生えたわけではない。正確に言えば、彼らはただ、ハーディがそれまで長らく考えてきたもの——宇宙に横たわっている何らかの力——を名づけるためのヒントを与えたにすぎないと言ってよいだろう。したがって、『帰郷』を執筆したころには、ハーディのなかで、すでに「内在意志」という観念の原型が形成されていたと考えられる。

では、人間の運命が盲目的な宇宙の「内在意志」に支配されているとするなら、当時目覚ましい勢いで発展しつつあった「科学」は、「内在意志」とどのような形で関与していたのだろうか。ダー

ウィンは、生存に都合のよい形質の遺伝によって、種は伝達されてゆくという「自然淘汰」の考え方を打ち出した。それを社会に当てはめて発展させたハーバート・スペンサー (Herbert Spencer) は、社会生活は生存競争で、適者生存（生き残る者が適者である）という考え方へと強化していった。[5] このようないわゆる非人間的な理論は、一見したところ、いかにも宇宙の「内在意志」の無情さに合致した説であるように思われる。

　しかし、これらの理論を実際に人間の世界に適用してみると、さまざまな齟齬が生じてくる。ダーウィン自身も、のちに著書『人類の起源』(*The Descent of Man*, 1871) において、自らの進化論やスペンサーの理論には当てはまらない、人間の性質の諸要素に取り組んだ。下等な動物にも、喜びや悲しみ、恐怖、不安、驚き、好奇心などを感じる知的能力が見られ、霊長類等の高等な動物に至っては、直観、愛情、嫉妬、懐疑、競争心さえもっているという見解を示したうえで、ダーウィンは特に人間固有の特徴として、「道徳的特質」に着目する。彼は次のような問題提起をしている。

　　人間はなぜ、ほかではなく、ある特定の本能的な欲求に従うべきだと感じるのだろうか？　強い自己保存欲に屈してしまって、自分の命を危険に晒してでも仲間の命を助けようとしなかったときに、なぜひどく後悔するのだろうか？　あるいは、空腹のために食物を盗んでしまったときに、なぜ後悔するのだろうか？ (Darwin 134)

このような道徳的な感受性や態度は、苛烈な生存競争においては、有利なものとは見なされない。人間にとって高度なものであるとされる知的資質が、人間の生存にとっては難点になること——これを、ハーディは進化の「誤謬」(mistake) と捉えていたようだと、パトリシア・インガム (Patricia Ingham) は指摘している。その実例として、インガムは『森林地の人々』(*The Woodlanders*, 1887) を挙げて、フィッツピアーズは道徳に対して無関心で、利己主義によっ

て経済的・社会的に成功したのに対し、ジャイルズの場合は利他主義が破滅の原因になっていることに言及している (Ingham 159-67)。

この「進化の誤謬」も、「内在意志」の概念とどこかでつながっているように思われる。ある種の知的な発達を、不適格と見なして自然淘汰してしまう無情な力は、宇宙の「内在意志」の無情さと重なり合うように考えられるからである。

すると、こういう見方もできるのではないだろうか。盲目的な「内在意志」といえども、すべての人間を無差別に残虐に扱っているわけではない。ある者は見逃し、またある者は好んで選び出して弄んでいるのだ、と。「適者生存」という進化論とともに、それを補足する「進化の誤謬」という観念からも見てみた場合、「内在意志」が好んで選び出す者——つまり、「不運」に見舞われたあげく、生き残れない不適格者——とは、いったいどのようなタイプの人間なのか。このような点に着目して、以下、この作品の個々の登場人物について検討してゆくことにする。

(1) 環境との不調和

ハーディは、ノートの1876年の項目として、セアドア・ワッツ (Theodore Watts) による次のような記事を、書き写している。

> 生命の闘争においては、生き残る有機体とは、理想的な意味で絶対的に最もよいものとはかぎらず、環境と最も調和するものであらねばならない、ということを科学は示している (Schweik 63)。

つまり、適者として生き残るための条件として、ワッツは、「環境との調和」を挙げているわけである。ハーディがこれをノートに書き取ったということは、彼がこの考えに何らかの興味を抱いたからだろう。

では、『帰郷』では、「環境」と人間との関係はどのように描かれているだろうか。この作品では、「環境」とはエグドン・ヒースに

等しく、ヒースは「内在意志」を象徴するものとしても描かれている。そこで、ヒースへの適応性という観点から見ると、たしかに、ヒースに愛情を抱き、馴染んでいる人物は、結末ではみな生き延びていることがわかる。たとえばトマシンは、ワイルデーヴからエグドン・ヒースが好きかと問われたとき、「私は、自分が生まれ育った近くにあるものが好きよ。昔馴染みのいかめしいヒースの顔には見とれるわ」(414)[6]と、何のためらいもなく答えている。彼女は弱々しい女性だが、不運に見舞われても、いつも救済者ヴェンをはじめ、誰かに助けられるという点で、ユーステイシアとは対照的に幸運な人物である。

ヴェンはつねにヒースに出没し、ヒースと一体になっているような人物である。彼は物語の始まる前に、トマシンに失恋し、ベンガラ屋という社会のはみ出し者のような職業に転じた陰のある人物として登場するが、失恋や自らの職選びは、「不運」に属するとは言いきれない。賭け事の場面でも見られるとおり、彼はむしろ運を引き寄せる人物である。ベンガラ屋という職業上強調される彼の「赤い」姿は、彼の悪魔性、つまり運命に操られるよりもむしろ運を操る役どころを象徴しているようにも思える。

「少年時代のクリムは、ヒースと一体になっていたので、ヒースを見ると誰もが彼のことを思わずにはいられなかった」(226)と語り手も述べるとおり、クリムはこの作品においてヒースを象徴する人物である。パリに嫌気がさし、ヒースこそ、自分が生きる場所であると気づいて帰郷したクリムは、さまざまな不運に翻弄され、最後には妻を追って川に飛び込み、あわや命を落とす危険にさらされるが、結果的には生き延びるのである。

それに対して、ヒースを敵視し、憎悪しているユーステイシアが生き残れないのは、自明だということになるだろう。ユーステイシアは、「ヒースは、私の十字架、私の屈辱、そして私の死となるわ」と言い、ワイルデーヴも、「ぼくもヒースが大嫌いだ」(139)と応じている。ヒースからの脱出を試みた二人は、結局水死してしまう

のである。

　ヨーブライト夫人に関しては、最後にヒースを横断する旅の途中で倒れて死ぬという成り行き自体が、彼女の環境への不適合性を象徴しているかのようだ。

　このように、「生き残れるか／生き残れないか」という観点から分類すると、ハーディがノートに書き記した原則は、各登場人物の運命にそのまま当てはまる。したがって、この作品では、「環境との不調和」が、「内在意志」に反する条件のひとつとして挙げられると言える。

（2）不注意
　そのほか、「内在意志」が、人間のどのような特徴を目がけて襲いかかって来るのかという点について、着目すべき特徴をいくつか挙げる。ダーウィンは、知的能力において人間と高等哺乳類の間には、根本的な差がないことを主張する。その立証の過程で、彼は好奇心、模倣、記憶力、想像力のほかさまざまな観点から人間と動物の心理的能力を比較しているが、そのひとつとして「注意力」(Attention) という点を挙げている。動物が獲物に跳びかかる用意をしているときに注意力を示すのと同様、「人間の知能の発達にとっても、注意力ほど重要な能力はない」とダーウィンは指摘する (Darwin 94-95)。そこで、生命の維持にとって、明らかに致命的になる要因として、「不注意」という特徴を挙げることができるだろう。もちろん「不注意」の悪影響は、自他を選ばず及んでしまう。そして、この作品のなかでは、すべての人物に不注意な点が見出される。それは、最初に挙げた「不運」の事例のなかにも数多く見られた。

　しかし、作品中で最も「不注意」の打撃を受け、「内在意志」の餌食となったのは、生き残れなかった二人の人間、ユーステイシアとヨーブライト夫人であると言えるだろう。彼女たちの死においては、自らの不注意が少なからぬ一因となっていることを、確認して

おきたい。
　次の一節は、ヨーブライト夫人が、和解のために息子を訪ねたときの描写である。

> It was about eleven o'clock on this day that Mrs Yeobright started across the heath towards her son's house . . . . She had hoped to be well advanced in her walk before the heat of the day was at its highest, but after setting out she found that this was not to be done. The sun had branded the whole heath with his mark, even the purple heath-flowers having put on a brownness under the dry blazes of the few preceding days. Every valley was filled with air like that of a kiln, and the clean quartz sand of the winter water-courses, which formed summer paths, had undergone a species of incineration since the drought had set in.
>
> 　In cool, fresh weather Mrs Yeobright would have found no inconvenience in walking to Alderworth, but the present torrid attack made the journey a heavy undertaking for a woman past middle age; and at the end of the third mile she wished that she had hired Fairway to drive her a portion at least of the distance (337).

8月末というまだ夏の暑さの残った日に、「暑さが最高に達する前に、かなり先まで行けるだろう」というさして根拠のない予想をもとに、ヨーブライト夫人は徒歩で出かけたのだ。太陽の照りつける厳しい自然のもとで、体力がもたず、疲れて休みながら時間をかけて、彼女は旅した。こうして、結果的には疲労を長引かせることになり、帰り道の途中、ついに草の中に倒れ込み、毒蛇の餌食となるような状態を自ら招いてしまったのである。彼女が、この季節のヒースを甘く見たこと、そして自ら後悔しているとおり、馬車を使うなど用心して他の移動手段を取ろうとしなかったことは、彼女が長年この地に住んだ人間でありながら、ヒースを正しく認識していなかったことを示し、不注意がその死の一因となったことは見逃せない。

ユーステイシアもまた、思い込みが強く、しばしば人の意図を誤解したり、先のことを読み間違ったりする、きわめて不注意な人物である。眠っていたクリムが起きて扉を開けたはずだと思い込み、自分で確認しに行かなかったというユーステイシアの不注意は、ヨーブライト夫人の死へとつながった。そして、彼女自身も、さまざまな不運の連鎖によって、死へと追いつめられてゆくが、その死に方はいまひとつ奇妙である。次の一節は、ユーステイシアが家出をして、ワイルデーヴと会う約束の場所に辿り着いた箇所である。

> Eustacia at length reached Rainbarrow, and stood still there to think. Never was harmony more perfect than that between the chaos of her mind and the chaos of the world without. A sudden recollection had flashed on her this moment: she had not money enough for undertaking a long journey. Amid the fluctuating sentiments of the day her unpractical mind had not dwelt on the necessity of being well-provided, and now that she thoroughly realized the conditions she sighed bitterly and ceased to stand erect, gradually crouching down under the umbrella as if she were drawn into the Barrow by a hand from beneath. Could it be that she was to remain a captive still? Money: she had never felt its value before (420).

このあと彼女は川に身を投げるのだが、その自殺は、「不運」の範疇に入るかどうか疑問である。パドマス行きの手筈を整えて、いったんここまで来たのに、長旅に必要な資金がないことに今さら気づいて、絶望する。これは、不運というよりも、むしろ不注意ではないだろうか。華やかな都会の世界に憧れ、働くことを嫌い、贅沢を好むユーステイシアのような人間が、金銭意識をもっていないのは、生存の条件としては決定的に不利であると言わねばならない。ワイルデーヴの金を頼りにするなら、彼の情婦にならざるをえないが、彼は自分がそこまで身を落とすだけの価値のない男だという思いに、彼女は引き裂かれる。しかし、自殺の引き金となったのは、

あくまでも金がないことに気づき、自暴自棄になったためであるように見える。作品では、死へと向かうユーステイシアの行動と、スーザン・ナンサッチがユーステイシアの人形で呪いをかける過程とが同時進行しているかのように描かれ、何か外的な悪意ある力でユーステイシアが死んだかのような印象が生み出されている。それは、言い換えるなら、追いつめられたユーステイシアの「不注意」に、「内在意志」がつけ込んで最後の一撃を与えたというふうにも、解釈することができるのではないだろうか。

(3) 執着心

ハーディは、1892 年 10 月 24 日に、次のように記している。

> 最も優れた悲劇——つまり、最高の悲劇——とは、「避けがたい事態」に取り囲まれた「価値ある人間」の悲劇である。道徳心に欠けた無価値な人々の悲劇は、最も優れた悲劇のなかには含まれない。
> (Hardy, *LWTH* 265)

この考え方は、人間的価値が悲劇につながる——つまり「内在意志」に打ち砕かれる——要因になりうることを暗示しているようである。これは、先に触れた表現を用いるなら、「進化の誤謬」に関わる部分であると言えるだろう。

ユーステイシアは、道徳心の点ではさまざまな弱点をもっているにもかかわらず、作品では時として女神にも譬えられ、悲劇の登場人物に相応しい英雄的資質を与えられている。したがって、ユーステイシアを「価値ある人間」として扱うさい、ハーディは人間の心を、必ずしも道徳的特質のみに限定せず、もう少し拡大した精神的能力として捉えているように考えられる。ハーディの世界で、「内在意志」と敵対する人間の精神的要素と言えば、やはり人間の「情念」が関わっているように思える。しかし、問題となるのは、情念の激しさや強弱ではなく、その種類であって、この作品ではとりわ

け人間の「執着心」が決定的な作用を及ぼしているように見える。というのは、「内在意志」の特色はその「無意味さ」にあるが、「執着」とは、他と区別して何らかのものに「意味」を見出し、それにしがみつくことであるがゆえに、必ずや打ち砕かれざるをえないためである。

　作品中のすべての人物は何かに執着しているが、なかでも極端に執着心が強いのは、ヨーブライト夫人とユーステイシアで、それが彼女たちにとって致命的な要因となる。

　ユーステイシアは、自分に対する執着がことに強い自意識過剰な人間で、つねに自分を世界の中心に位置づけるという思考パターンを示している。彼女が命を断絶せざるをえなくなったのは、ヒースから脱出するという願望と、愛されることに対して、彼女があまりにも強い執着を抱いたからであろう。ユーステイシアは、愛してもいない男性ワイルデーヴが、自分を捨てて別の女性トマシンと結婚しようとすると、彼を取り戻そうと執着する。しかし、クリムがパリから帰郷し、彼が自分を華やかな都会へ連れて行ってくれるかもしれないという夢が芽生えると、その夢への執着のために、いったん取り戻したワイルデーヴを捨てて、クリムを夫に選ぶ。クリムは故郷で教師になることを計画しているが、彼女はあくまでも自分の夢に固執する。だから、彼が目を患い、夢の実現が不可能になったとき、彼女はヒースからの脱出計画に加担してくれそうなワイルデーヴのほうに目を向けるのだ。このように、華やかな都会に住んで淑女になるという幻想に執着し続けて、愛の対象として選んだ男性の間で揺れ動き続け、ついには抜け道がなくなって、ユーステイシアは破滅せざるをえなくなったのだと言えるだろう。

　ヨーブライト夫人も、ユーステイシアに劣らず、執着心の強い人間である。何でも思い通りにしなければ気がすまない彼女は、自分の我が通らないときに、激しく悩み、策を講じるという行動パターンを繰り返す。姪トマシンとワイルデーヴの結婚に関しても、はじめは結婚予告のさいに異議を唱えて中止させたり、あとではそれを

修復して結婚させようと奔走したりしている。そして、息子に対する異常な執着が、ヨーブライト夫人にとっては致命的となる。牧師の娘だった彼女は、夫が出世欲のない小作人であったため、人生に不満を抱き、自分が満たすことのできなかった願望の充足を、息子クリムに求める。しかし、せっかく都会に送り出した息子は、田舎に帰って来て、村人の教育を目指すと言い、そのうえ彼女が最も嫌う女性との結婚を望む。息子との関係がこじれた末に、ヨーブライト夫人はついに死に至る旅に出るのだ。自分の思い通りにせずにはいられない執着と、思い込みの激しさが、彼女を絶望させて生命力を衰えさせ、不運を呼んだのだとも言えるだろう。

　クリムについてはあとで詳しく考察するが、ここでは彼の執着心について簡単に触れておく。たしかに、母親や、ファムファタールとしてのユーステイシアに対する彼の執着、そして、周囲の反対に逆らって故郷の村で教師になろうとする彼の執着は、並たいていのものではない。しかし、クリムの悲劇は、彼の執着心の強さ自体よりも、むしろ相容れない複数の条件――妻の幸福、母親の信頼、職業計画という三つの要素――のなかで板挟みの状態に陥り、そこから抜け出すために何かを犠牲にせざるをえなかったという状況にあった。

　ワイルデーヴは、この作品では道徳心の欠けた浮ついた人間として描かれているため、先に挙げたハーディの悲劇の定義からすると、彼はたんなる触媒作用をもたらす程度の人物で、特に議論の対象とするまでもなさそうだ。しかし、彼は刹那的な欲望に強く執着する人間で、それが彼の命取りになったということは、付け加えておきたい。ユーステイシアが合図として焚く火を、ワイルデーヴが飽きもせず待ち続けるのは、彼が一途だからではなく、刺激に対する執着心が異常に強いためである。その腕がクリムの脚にしっかり絡みついた状態でワイルデーヴの遺体が発見されたことは、彼の執着心の強さを象徴していると言えるだろう。

　至る所に出没してトマシンを見守り続けるヴェンは、一見執着心

の強い人間に見えるが、彼の行動は、トマシンを獲得するめの欲望ではなく、彼女に尽くすという利他的目的に発している。この点で、彼は捨て身であり、執着を脱していると言える。最後にヴェンはトマシンと結婚して念願を遂げるが、もともとハーディが意図していた結末では、どこへともなく消えてゆくという彼らしい退場の仕方をするはずだったのである。[7]

3　盲目性――"the native" とは何者か

　以上、生き残れなかった人物ユーステイシアとヨーブライト夫人を中心に、「内在意志」に選ばれ淘汰される人間の条件とは何か、という問題について検討してきた。あとに残された問題は、中心人物クリムについての考察である。

　原題 *The Return of the Native* から、"the native" つまり帰郷したクリムが、悲劇の中心人物であるかのような印象を受けるが、そもそも彼自身はそれほど不運な人物であるとは言えない。むしろこれは、"the native" の帰郷が、いかに周囲の人物に不幸をもたらしたかという物語であると言えるだろう。クリムは、故郷の環境に馴染む人間であり、パリでの宝石商の仕事が自分に合わないと思ったこと以外では、基本的には、自分の置かれた状況に満足する人間である。まったく自分と合わない女性と結婚してしまったことは、自らの選択であって、不運ではない。そのわりには、彼は妻の希望の前に折れることはない。目が悪くなったことは、一見大きな不運のようではあるが、彼がもともと宝石商で、光るものばかり見ていたこと、故郷に帰ってからは、学校を始める準備として、読書を重ねて目を酷使していたことを考え合わせると、「内在意志」とは特に関係のない自然な結果であったと言えるだろう。彼には出世欲もなく、失明しかけたときですら運命を呪うわけではなく、そのとき自分ができるエニシダ刈りの仕事に満足する。最後に川に飛び込んだとき、クリムだけが助かったことは、彼の生命力の強さの一端を示

している。彼は、母や妻の死によって大きな打撃を受け、悔恨のあまり自己懲罰的な言動にも走っているが、最後には巡回説教師となって、自分なりの生き甲斐を見出し、満足するのである。

　クリムは、特に後半部分の道筋や、そのなれの果てを見ると、まさに「日蔭者クリム (Clym the Obscure)」とも呼ぶべき人物で、ジュードという「不運」の極めつけのような人物の前身であるかに見える。しかし、クリムがさほど不運でないことは、ジュードと比べてみればわかる。出発点でクリムは、ジュードなら羨むような家庭の生まれであり、チャンスにも恵まれていたのに、それをあっさりと捨て去るのだ。クリムは何か有益なことをやりたいと思っているが、ジュードのような野心家ではなく、少しのもので満足する。自分の心に築き上げた理想の実現に向けて意欲はあっても、現実について大きな思い違いをしているという点に、クリムの盲目性が現れていて、彼はむしろ『テス』のエンジェル・クレアなどと共通する思索家である。社会的栄達の夢破れて絶望し、運命を恨んで、人生からの逃亡を願うジュードとは、クリムはタイプが異なる。二人の違いは、世事に対する疎さといったところだろう。クリムもジュードも温和であるが、ジュードが折れやすいのに対して、クリムはヨーブライト夫人の言葉にもあるとおり、「子どものように穏やかだが、鋼鉄のように固く」(305)、自分の考えを曲げようとしない。

　ヨーブライト夫人の訪問と、ワイルデーヴの訪問が偶然重なったとき、クリムが眠っていたこと——これもまた「不運」ではあるが、たんなる「偶然」以上の象徴性を帯びた出来事であるように思える。クリムは文字通り眼病で視力を失うが、彼については、「見えない」ということが、さまざまなレベルで繰り返し述べられていて、「オイディプス」(388)の譬えさえ見られるからである。ここで、クリムの「盲目性」に着目したい。「不注意」と「盲目性」とは類似しているようだが、少し性質が違うということを区別しておきたいと思う。「不注意」が、一時的・一過性の現象であるのに対

して、「盲目性」は不動の恒常的な状態であるからだ。

　ユーステイシアと最初に出会ったとき、クリムには、彼女がどういう人間かという本質が見えない。こういう女性と結婚したら、どうなるかが見えていた母親ヨーブライト夫人は、ユーステイシアのことを理想の結婚相手だと考えている息子に向かって、「あんたには何も見えないんだね、クリム (You are blinded, Clym)」(252) と言って、彼の盲目性を指摘している。

　そしてクリムは、ヨーブライト夫人がすぐそばまで訪ねて来たとき、今こそ母を救ってやれるという段になって、目を閉じて眠っているのである。眠りこそ、「見えない」状態の究極の象徴であると言えるだろう。他人をまともに見ることができない、そして自分が位置する立場や状況が読めない、さらには、貧しい村人たちが置かれている社会的状況を深く見ていない——そんな人物に、村人を啓発することができるだろうか？　結局、クリムには、自分自身さえ見えていないのではないか。

　ここで注目すべきなのは、「見えないこと＝盲目性」が、見えない本人自身に災いをもたらすのではなく、むしろ自分以外の周囲の人間に不幸をもたらすことである。クリムの盲目性こそ、ユーステイシアやヨーブライト夫人の不運の遠因になっていることは、見逃すことができない。クリムが盲目的であり、かつ obscure であること、世に埋もれることを嘆くのは、『ジュード』の場合のように、主人公本人ではなくて、母ヨーブライト夫人や、妻ユーステイシアであるからだ。

　社会的栄達を望んでいないクリムにとっては、エニシダ刈りになることも、まんざら嫌なことではない。次の一節は、クリムが歌いながら労働をしている姿を見て、ユーステイシアが衝撃を受ける箇所である。

> <u>He [Clym] did not observe her approach</u>, and she stood close to him, and heard his undercurrent of song. It shocked her. . . . It was bitterly

> plain to Eustacia that he did not care much about social failure; and the proud fair woman bowed her head and wept in sick despair at thought of the blasting effect upon her own life of that mood and condition in him. Then she came forward.
>   "I would starve rather than do it!" She exclaimed vehemently. "And you can sing! I will go and live with my grandfather again!"
>   "<u>Eustacia! I did not see you</u>, though I noticed something moving," he said gently (313-14). ［下線筆者］

最初の下線部の語りにも見られるとおり、彼はユーステイシアが近づいて来るのに気づかない。ユーステイシアは、人生に敗北して歌っている夫の姿に、心底情けなくなって泣くが、彼女の悔し涙は、クリムには見えないのだ。声を聞いて初めて彼女に気づいたクリムは、あとの下線部のように、「ユーステイシア、きみが見えなかったよ」と言う。ここでも彼の盲目性が強調されている。

次の一節は、ヨーブライト夫人が、エニシダを刈っている労働者の姿を、誰ともわからず遠くから眺めている箇所である。このあと、それがクリムだとわかったとき、ヨーブライト夫人は「このような生活から、直ちに息子夫婦を守ってやる方法を、とっさに半ダースばかり考えた」としか、語り手は夫人の心中を述べていない。下線部の表現にあるように、「緑のイモムシ」「虫けら」「たんなるヒースの寄生虫」のごとき姿が、自分の息子であると認識したときの彼女の失望感が、いかほどのものだったかは、読者には想像するしかない。しかし、因果関係の有無は不確実であるにせよ、彼女がこのあと死へと向かったことは事実である。

> She [Mrs Yeobright] followed the figure indicated. He appeared of a russet hue, not more distinguishable from the scene around him than <u>the green caterpillar</u> from the leaf it feeds on. . . . The silent being who thus occupied himself seemed to be of no more account in life than <u>an insect</u>. He appeared as <u>a mere parasite of the heath</u>, fretting its surface

in his daily labour as a moth frets a garment, entirely engrossed with its products, having no knowledge of anything in the world but fern, furze, heath, lichens, and moss (338-39). [下線筆者]

　逆にヨーブライト夫人は、「彼女は人生に順応したことがないにもかかわらず、人生に対する奇妙な洞察力をもっていた」(248) と語り手も述べているとおり、物事を見通す力を具えた人物である。彼女はトマシンに向かって、「息子なんて、気持ち次第で何も見えなくなるのにちがいないわ。男が近くにいても見えないものが、女には遠くからでも見えるのは、なぜかしら」(273) と問いかけつつ嘆いている。このように、「見える」ことは、不幸から人を守るわけではないのだ。そこから言えることは、盲目的であるほうが、環境には適合すること、言い換えれば、宇宙の内在意志とは折り合いがよいということである。

　では、故郷に帰った "the native" クリムとは何者だったのだろうか。クリムは、母に恋する盲目のオイディプスと重なり合うだけではない。奇妙なことに、彼は、盲目性という特性において、宇宙の「内在意志」とも重なる人物なのである。肝心なときに眠っていたり、前を見なかったり、人を見なかったりするという盲目性によって、結果的に自分の「意志」に逆らう者たちを不幸へと巻き込んだクリムの特徴は、宇宙の「内在意志」の気紛れさと、どことなく似ている。そのような「内在意志」を体現するかのような人物が、最後に「山上の垂訓 (Sermons on the Mount)」(473) を行い、キリストの姿と重ね合わされるというのは、何とも不気味で皮肉な結末と言えるのではないだろうか。

おわりに

　ハーディが、数多くの作品をとおして暗示した宇宙の「内在意志」が何であったのかについて、彼自身はついに明確な答えを出さ

なかったようである。したがって、「内在意志」は、厳密な法則性によって規定することはできない。しかし、ある程度その「傾向」のようなものが認められることを、本論で示すことができた。まとめると、次のようになる。「内在意志」に反する要素——たとえば、環境への不適応、不注意、執着心といったもの——を具えた人間は、打ち砕かれて淘汰される。他方、「内在意志」に対して順応性のある人間は、その破壊の標的となることを避けて生き残ることができる。そして、自らの本性のなかに「内在意志」と類似した要素を宿した人間は、それと似た破壊力を発揮する。以上が、「内在意志」の作用の仕方としての傾向である。

　この傾向は、後期作品においても通底している。たとえば、『カスターブリッジの町長』(*The Mayor of Casterbridge*, 1886) のヘンチャードは、のちには町長という高い社会的地位に登りつめる力量を具えた人物でありながら、酒に酔って妻を売ってしまうというような「不注意」に始まり、最後はエリザベス・ジェインとの父娘関係を失いたくないという「執着心」によって墓穴を掘るに至り、悲惨な死を遂げる。テスは、エンジェルを取り戻したいという執着心ゆえにアレックを殺害して処刑され、ジュードは、クライストミンスターでの大学生活や〈新しい女〉スーなど、決して自分の手に入らないものへの憧れに執着し続けて、最後は病に倒れて孤独死する。彼らは、人間性の深さという点では英雄性さえ帯びた人物たちであるにもかかわらず、自らの不注意や執着心などが招いた不運に巻き込まれて、「内在意志」に弄ばれ、打ち砕かれて淘汰されてしまうのである。

　それに対して、エンジェルやスーは、不幸に苦しみながらも、むしろ「内在意志」との類似性を秘めた人物のように見える。エンジェルは、婚礼の夜、過去を打ち明けたテスを不幸のどん底に落としたあと、夢遊病状態で彼女を抱きかかえて歩き回るが、目を開けながら眠るというこの行為は、彼の盲目性を象徴していると言えるだろう。スーも、あたかも自分の「意志」に適応しない者たち

を、次々と淘汰してゆくような行動パターンを、無意識のうちに繰り返す。彼女は、かつて同居した学生に性的関係を許さず、死に追いやったことがあり、夫フィロットソンに対する生理的嫌悪感ゆえに、彼が寝室に入って来たとき、窓から飛び降りるというような夢遊病的行動に走ったり、社会制度に縛られないためにジュードとの結婚を拒んだりするなど、つねに自らの自由意志を最優先する。また、彼女がジュードとアラベラの子ファーザー・タイムに、「自然の法則は殺し合い」(Hardy, *JO* 378) であり、「自然が与える本能のままに楽しむことが、自然の意図、自然の法則で、存在理由である」(413) というような考え方を吹き込んだことは、この老成した少年の自殺の遠因となったとも言える。他者を惹きつけずにはおかない魅力を備えた彼らは、無意識のうちに周囲の人間を不幸に陥れつつ、自らの生命力を保ち続けるという点で、「内在意志」と親和性のある人物クリムの系譜上に位置づけることが可能であろう。

　では最後に、このような独特の世界観に支配されたハーディの小説は、イギリス小説の一般的な特性と比べて見たとき、どのように位置づけられるかという問題に触れて、結びに代えたい。ハーディの小説を読むと、ほかのイギリス小説とは違う何かを、筆者はつねに感じる。ハーディにおける非イギリス的特性とは何だろうか。イギリス的特性が、中庸、ある主のバランスといったもの——見方を変えれば、中途半端ないい加減さとも言えるかもしれない——であるとするなら、中庸とは程遠く、つねに極端なところまで突き進んでゆこうとするのが、ハーディ文学の特性である。また、日常における人間の関係性を描いた、オースティンをはじめとする作家たちのイギリス的小説とは異なり、ハーディは非日常における極限に置かれた人間を扱っている。そういう点で、彼の文学はギリシャ悲劇を想起させたり、大陸的なもの、あるいは非ヨーロッパ的とも言えるような異国性を——業や因縁といった仏教思想に通じるオリエント的なものさえ——感じさせたりする。

　ヴィクトリア朝後期という時代色もあって、ハーディの文学は時

として科学的な性質を帯びる場合もあるが、フランスの自然主義とは一線を画している。彼は、たとえばゾラのように、人間性を解体してその獣性を暴こうとするようなことはしない。ハーディは結局のところ、命を突き放して見るショーペンハウアや、人間の痛みを犠牲にして発展してゆく「無意識」(Unconscious) を称えるハルトマン等の思想家たちには、完全に同調することはできず、根本的には異なった考え方をしていた。

　ハーディは、宇宙の内在意志自体よりも、それによって苦しめられる人間のほうに興味の力点を置いているため、人間が重要だという確信のようなものが、彼の作品からは伝わってくる。だから、大きなキャンバスのなかで汚点のような人間を描く一方で、時として、一気に人間を拡大して描くこともある。彼の描く人間は、縮小されたり拡大されたり、縮尺率が一定でないため、読者は目眩のような感覚に襲われる場合がある。これもまた、ハーディの特色であろう。

　決して人間に対する愛情を失わず、徹底して嫌悪すべき対象として見ない態度——それは、結局はイギリス的ヒューマニズムにもつながる。また、極端なものを描くハーディの小説は、ただ運命について論じているばかりではなく、人間を動かす些細な日常的要因を、決して見逃しはしない。遺産の分け前が100ギニーか50ギニーかといった金銭の問題が、プロットを動かしていることからも、それはうかがわれる。ヨーブライト夫人は、金銭に関する誤解を解こうとして、息子夫婦を訪ね、事故死するのである。金銭や社会的地位、階級、それらに対する人間の俗物性が、要所要所でプロットを動かす引き金となっていること。これは、いかにもヴィクトリア朝的、いや、オースティンにさえつながるイギリス小説の特色とも言えるだろう。

　このように、イギリス小説の特性を内に留めつつ、つねにそれを脱して外へと向かってゆこうとする絶妙の「危うさ」こそ、ハーディのユニークさ、面白さの所以ではないだろうか。

＊本稿は、日本ハーディ協会大会（2012年10月13日、武庫川女子大学）で行われたシンポジウム「ハーディの面白さ」における発表に加筆修正を施したものである。したがって、シンポジウムのテーマに即して、本稿の「はじめに」と「おわりに」において、〈面白さ〉に関する言及が含まれていることを、お断りしておく。

注

[1] ハーディの小説創作活動は、処女作『貧しい男と貴婦人』(*The Poor Man and the Lady*) を書いて出版を拒絶された1867年から、最後の小説『ジュード』が出版された1895年までの、約30年間にわたる。

[2] 1907年にハーディが文通相手に説明したところによれば、『覇王』で用いられた「人生哲学」、すなわち「思想界が次第に採用するようになってきた考え方を一般化したもの」の主要な特徴として、(1) 宇宙に内在する無意識の非情な「駆り立てる力」が存在する、(2) 個人の意志はその内在意志に従属する、といった考え方が挙げられる (Schweik 68)。

[3] ハーディは、ショーペンハウアの著書の翻訳 *The World as Will and Idea* (1896) と *On the Four-fold Root of the Principle of Sufficient Reason* (1889) を所持していた。1888年以前に、彼は『ブリタニカ百科事典』で、ショーペンハウアの生きる意志に関するペシミスティックな考え方について調べたり、ショーペンハウアの提示した諸概念についてノートをとったりしている。1891年にも、ショーペンハウアの *Studies in Pessimism* に関するノートの記載がある。ハーディ自身は、ショーペンハウアから影響を受けたことについて、一方では否定し、他方では、自分の哲学は後の哲学者をとおしてショーペンハウアから発展したものだというように、矛盾した発言をしている (Schweik 68-70)。

[4] ハルトマンは、人間の無意識が演じる役割の大きさを強調し、理性主義と非理性主義の調和を探究した。ハルトマンによる "Unconscious" の理論は、ハーディがすでに考えていたことを強化する役割を果たした (Schweik 70)。

[5] 19世紀後半に有名になったこの理論を発展させて、スペンサーの後継者たちは、自由放任主義の資本主義を正当化するための基盤とした (Ingham 162)。

[6] 以下、*The Return of the Native* からの引用は、括弧内にペンギン版テクストの頁数を記す。

[7] 1912年のウェセックス版において、ハーディは、トマシンがヴェンと結婚することをクリムに告げる箇所に注を添えて、もともとの構想では、「ヴェンは最後まで孤立した不思議な人物として、どこへともなくヒースから姿を消すことになり、トマシンは未亡人のままとする予定だった。しかし、連載出版上の事情から、内容を変更することになった」と明かしている (464)。

参考文献

Darwin, Charles. *The Descent of Man*. 1879. rpt. London: Penguin, 2004.

Hardy, Thomas. *The Return of the Native*. 1878; rpt. Harmondsworth: Penguin,1985.

_____. *Jude the Obscure*. 1896; rpt. Harmondsworth: Penguin, 1985.

_____. *The Life and Work of Thomas Hardy*. Ed. Michael Milligate. 1984, rpt. London: Macmillan, 1989.

Ingham, Patricia. *Thomas Hardy*. Authors in Context Series. Oxford: Oxford UP, 2003.［パトリシャ・インガム著，鮎澤乗光訳『トマス・ハーディ（時代のなかの作家たち3）』彩流社 , 2012］

Lothe, Jakob. "Variants on Genre: *The Return of the Native, The Mayor of Casterbridge, The Hand of Ethelberta*." *The Cambridge Companion to Thomas Hardy*. Ed. Dale Kramer. Cambridge: Cambridge UP, 1999. 112-29.

Schweik, Robert. "The Influence of Religion, Science, and Philosophy on Hardy's Writings." Kramer (*op. cit.*). 54-72.

森松健介『トマス・ハーディ全小説を読む』中央大学出版部、2005.

A・ラインハルト＝シュトッカー著、小田稔訳『トマス・ハーディの小説における性格描写と運命形象』学書房、1974.

マーガレット・シュレーゲルと「おぞましきもの」
——『ハワーズ・エンド』における動物性の問題——

金谷　益道

1　はじめに ——「絶え間ない流れ」とマーガレットの嫌悪

　E・M・フォースター作『ハワーズ・エンド (*Howards End*)』(1910) のヒロインの一人であるマーガレット・シュレーゲルは、実業家で前妻を亡くした婚約者のヘンリー・ウィルコックスに、二人の新居としてロンドンのデューシー・ストリートにある彼の持ち家はどうかと提案する。しかし、特に夏になると嫌なにおいが漂ってくる馬小屋が家の裏にあるのを彼から知らされ、次のように嘆く。

> 'I hate this continual flux of London. It is an epitome of us at our worst—eternal formlessness; all the qualities, good, bad, and indifferent, streaming away—streaming, streaming for ever. That's why I dread it so. I mistrust rivers, even in scenery.' (156)

ロンドン、そして一般的な川に見られる「絶え間ない流れ (continual flux)」には、マーガレットに嫌悪感を与える二つの特性があるようだ。一つは、「永遠に形が定まらない」こと、そしてもう一つは、馬小屋の悪臭に代表されるような「悪い性質」のものが、「いい性質」のものや、「よくも悪くもない性質」のものと混ざり合ってしまうことである。絶えず「流動」するためその形を固定できず、中では異物同士が「混淆」してしまうという性質から連想される当時のロンドンの状況としては、産業革命と共に始まった農村からの人口流入がまず挙げられるだろう。絶え間ない農村からの人の流入により、当時のロンドンは、その構成員や性質をせわしなく更新させていき、洗練された都会人たちは農村にルーツを持つ人たちと否応

なしに繋がりを持つこととなった。『ハワーズ・エンド』の中で、このような状況をもたらす人物は、火災保険会社の貧しい事務員、レナード・バストである。ウィッカム・プレイスの自宅を突然訪れた彼の姿を見た途端に、「文明が都市へと吸い込んだ羊飼いか農夫の孫」(98) だとマーガレットが推測した通り、レナードは農村にルーツを持つ人物である。彼を自宅に入れた後、マーガレットが、馬小屋のにおいを連想させるような「どん底から漂う悪臭のようなもので苦しめ」(100) られたと語り手が述べているように、「絶え間ない流れ」に対する彼女の嫌悪は、レナードに対する嫌悪に置き換えられるだろう。本稿では、レナードに対するマーガレットの嫌悪に注目し、彼への嫌悪に見え隠れする当時の時代思潮の影響や、その嫌悪とマーガレットのアイデンティティ形成の複雑な仕組みとの関係などについて探求してみたい。

2 レナードの境界侵犯と動物的な身体

　マーガレットは、社会主義、平等主義、男女同権を信奉し、異なる二者を「対比させるのではなく、融和させる」(89) ことを妹のヘレン・シュレーゲルたちに促すため、異質なものに対して寛容な人物として批評家の間で位置づけられることが多かった。しかし、マーガレットは、音楽会で初めて会ったレナードに「汚らしさ (squalor)」(30) を感じ取るのを皮切りに、彼に対して度々嫌悪感を抱く。マーガレットがレナードを嫌う理由の一つは、彼が定められた境界を越えようとすることにあるようだ。レナードがウィッカム・プレイスの自宅に突然やって来た際、マーガレットは、農村を出たため「肉体中心の生活」を失い、ますます広がりつつある「自然人と思想人の間にある隔たり」を「越えようとして、身を破滅させてしまう善良な男たち」(98 傍点筆者) の一人とレナードをみなし、動物的な肉体の痕跡がかすかに残るその身体を見て、「動物の華々しさを捨てて燕尾服やわずかばかりの教養を求めて何か得に

なったことなどあったのだろうか」(98) と考える。マーガレットは、レナードが不幸な目に遭っているのは、彼の祖父が農村から抜け出し、ロンドンという別の領域に侵入してきたためだと思っている。語り手も、「はっきりとした身分」(39) に皆が腰を落ち着けていた数世紀前に生まれ、階級、教育、貧富の差などを乗り越えて人間は混じり合うことができるという、「民主主義という天使」(39) が与える幻想に惑わされなかった方が、レナードは幸せだったはずだと暗示している。マーガレットが信奉する社会主義、平等主義、男女同権などは、いわば境界の崩壊を目指すものであるはずだが、境界を侵犯しようとする試みにこそレナードの不幸の根源がある、という彼女の考えを目のあたりにすると、「単に上っ面だけの進歩主義者」(Bradshaw 157) というレッテルがマーガレットにはふさわしいようにも思えてくる。

「異なる二者を対比させるのではなく、融和させる人物」という古くからあるマーガレット像は、「マーガレットが、ウィルコックス家とシュレーゲル家を結び合わせることで、理性と感情の融合へと向かう話」(Miracky 51) といった、21世紀以降も根強く唱えられる伝統的な『ハワーズ・エンド』の図式の支柱となっている。しかし、彼女のレナードに対する嫌悪を目にすると、このような、「理性」と「感情」、「散文」と「情熱」、「物質主義」と「精神主義」、「階級社会」と「階級差別なき社会」、「目に見えるもの」と「目に見えないもの」といった、(ルース・ウィルコックスを除いた) ウィルコックス家とシュレーゲル家がそれぞれ信奉する両極端な価値観をマーガレットが「結び合わせる (connect)」という図式も、疑わしいものに思われるだろう。

デイヴィッド・ブラッドショーは、レナードも含めた下層の人たちに対する冷酷な態度など、ウィルコックス家とシュレーゲル家に共通する点を様々指摘し、両家を対置する伝統的な図式を疑問視している (Bradshaw 154)。この図式に問題があることは、小説冒頭にあらわれるヘレンが姉のマーガレットに宛てた手紙にも示されてい

る。多くの批評家は、小説出版直後に出た『アテネーム』の無署名の論評記事に代表されるように、『ハワーズ・エンド』を、「文学と芸術」(7) を愛するシュレーゲル家と、実利主義的な考えしかできない実業家ウィルコックス家の「二つの観点の対立の物語」(Stape 147) だとみなしてきた。二つの観点の反目がテーマである物語としてこの小説を見るのであれば、この観点は互いに確固としたものでなければならない。しかし、「主要人物たちは観点そのものである」(Stape 147) というよくある見立てとは異なり、ヘレンには、そもそも「観点」と呼び得るものなどないことが、この手紙に示されている。このヘレンの手紙は、ウィルコックス家から、自分が信奉する芸術・文学や、社会主義、平等主義や男女同権などの思想を頭ごなしに否定され、「間抜け」(5) だと笑われたことがとても楽しかった、という内容になっている。後にウィルコックス家を激しく攻撃する彼女の姿を思うと想像しがたい光景であるが、ヘレンが、自分の信じるものをことごとく「ナンセンス」(20) と切り捨てられることに喜びを感じたのは、彼女が寛容だからではなく、「ウィルコックス家のエネルギーのとりこ」になり、「自己没却」(20)、つまりアイデンティティが欠如した状態に陥ってしまったからである。「自己没却」にまで陥った理由の一つには、彼女が自己形成の基盤となる思想や観点を実は持っていなかったという事実がある。「平等はいい、という考えを、どこかの本から——たぶん詩から、そうでなければ姉さんから知ったのよ」(5) と手紙に書いているように、ヘレンは平等主義を知るようになった経緯すらもよく覚えていない。小説の冒頭に対置されているのは、両極端な二つの観点ではなく、自己を形成する核となる思想や観点の欠如に由来するヘレンのアイデンティティの不明瞭さと、「自分がやりたいことは何かがすぐにわかる実際家」(56) を代表するヘンリーたちウィルコックス家の人々のアイデンティティの強固さである。

　話をマーガレットのレナードに対する嫌悪の問題に戻そう。レナードに関して特徴的なことは、彼の身体にまつわる詳細な描写で

ある。登場人物の身体的特徴は、従来はその人物の性格をあらわすために描写されることが多い。『ハワーズ・エンド』から例を挙げるのならば、「頭を外界から守る要塞」にたとえられたヘンリーの「広くてまっすぐな額」(77) は、外部を必要としないヘンリーの強力な自己充足性をあらわしている。しかし、次のようなレナードの身体の描写は、彼の性格を暗示するものだとは思えない。

> One guessed him as the third generation, grandson to the shepherd or ploughboy whom civilization had sucked into the town; as one of the thousands who have lost the life of the body and failed to reach the life of the spirit. Hints of robustness survived in him, more than a hint of primitive good looks, and Margaret, noting the spine that might have been straight, and the chest that might have broadened, wondered whether it paid to give up the glory of the animal for a tailcoat and a couple of ideas. (98)

マーガレットが、ロンドンに移って来た農民だった祖父から見て「三代目」にあたるレナードの身体に見出す、「まっすぐになっていたかも知れない背骨と、もっと広くなっていたかも知れない胸」や、彼の身体に残る「丈夫さをにおわせるもの」は、世代をまたいだ一族の身体の変容を伝えるものである。

　マーガレットが嫌悪感を抱いたロンドンや川の「絶え間ない流れ」を連想させもする、丈夫であっただろう祖先の身体から、背中が曲がったレナードの身体への移ろいや、弱々しさと動物の丈夫さが混淆した様は、チャールズ・ダーウィンが『人間の系統 (*The Descent of Man*)』(1871) で唱えた「人間はその身体構造の中に、下等生物が祖先であることを明らかにあらわす痕跡をとどめている」(Darwin 445) といった衝撃的な学説を連想させる。ダーウィンの学説は、人間が動物と深い繋がりを持つ存在であるならば、その進化の過程において、今後は動物の性質が再び強くあらわれるかも知れないという、退化への恐れを人々に与えた。英国では 19 世紀

末頃から、このような「頽廃 (degeneration)」の概念が急速に広まっていった。頽廃論が 19 世紀末に流行した背景には、ダーウィンのみならず、ベネディクト・モレル (1809-1873) に代表される医学者や精神科学者の著作の影響がある。都市化により増大しつつあった有害物質の摂取やマラリアなどの病気の罹患により親が脳に障害を受けると、子の世代にも影響が及び、世代が進むにつれて性質・性能がどんどん劣化していき、最後には先天的痴愚と生殖不能状態に至る (Hurley 66) というモレルの学説は、様々な学問領域で追随者を生み出した。例えば、その著作『頽廃論』が 1895 年に英語に翻訳され大きな反響を呼んだ社会評論家マックス・ノルダウ (1849-1923) は、デカダン派の芸術家の描写・表現を頽廃の徴候、そして他人に伝染する危険な因子だとみなした。親から子への遺伝のみならず、伝染する性質があるという学説が唱えられたためもあってか、頽廃論は、最終的には、ある特定の一族のみならず国家全体や人間という種族までもが衰退・崩壊していくのを避けられない、という終末論的な世界観を生み出し、悪性の遺伝形質の淘汰を唱える優生学の誕生の一端を担うことにもなった。マーガレットが、弟ティビーに対して「私たちの一族は衰えかかっている (our race is degenerating)」(135) と嘆く場面などに見られるように、この頽廃論の影響は『ハワーズ・エンド』の所々に見受けられる。レナードの身体に感じたマーガレットの嫌悪は、このような頽廃論の影響と関係づけることができるかも知れない。

　マーガレットが嫌悪感を抱くレナードの身体に織り込まれたかすかな動物らしさは、別の時代思潮の影響も感じさせる。それは、「犯罪人類学」の創始者であるイタリアの精神医学者チェザーレ・ロンブローゾ (1836-1909) が流行させた、「先祖返り (atavism)」の概念である。ロンブローゾによると、犯罪者は先天的に犯罪を起こす性質を持っており、犯罪は、人類が進化する過程で失ったはずの動物的な性質が発露してしまうから起こるのである。ロンブローゾは、犯罪者は通常の人間にはない異常な容姿や、動物に似通った形

態的な特徴を持つと考えたため、身体に見られる異常さは、内面的な資質の異常さの標識だとみなすよう人々に推奨した (Greenslade 89-96; Hurley 92-93)。レナードに対してマーガレットが嫌悪感を抱いたのは、その動物を連想させる身体的特徴から、異常な内面性を頭に描いてしまったためかも知れない。

レナードと共にマーガレットに強い嫌悪感を抱かせる彼の妻、ジャッキー・バストの身体もレナードに似ている点がある。「頭全体を横方向に引っ張って」しまっている、ほころばせた口元から覗く「とても大きく、数がとても多い」歯を持つジャッキーは、「あまりに混乱していて説明できない」(43) 髪の毛をしている。様々な要素が入り乱れた彼女の髪の毛の様子は、弱々しさと動物の丈夫さが混淆したレナードの身体を想起させるものだと言えよう。「一つのグループが分厚い束となって背中の方へ垂れ下がり、また別のグループは、…額の辺りで小さく波打っている」(43)。ジャッキーが行方不明になった夫レナードを探しにウィッカム・プレイスに来たとき、マーガレットは、彼女に会いもしなかったのに、応対したヘレンによる「顔は蚕のよう」(97) であったという話から、レナードに感じ取ったのと同じ「汚らしさ (squalor)」(97) を連想する。動物と結びついた身体描写からジャッキーに嫌悪を感じるマーガレットの姿は、彼女がロンブローゾ的な思考に基づいた人相判断術に影響を受けていたことを物語っているようでもある。

3 マーガレットと「アブジェクシオン」

ここで注目しなければならないのが、マーガレットが、レナードのいわば動物性に対して嫌悪感を抱くと同時に、魅力を感じているように思えることである。確かにマーガレットは、馬小屋のような「どん底から漂う悪臭」に苦しむように、動物性を毛嫌いし、また留まっておくべき動物の領域を飛び出し、階級、貧富、教育の壁を乗り越えようとするレナードの姿に失望を感じている。しか

し、「燕尾服やわずかばかりの教養」と彼女が対置させているものが「動物の華々しさ」であったことも忘れてはならない。このことばは、レナードに対する皮肉と捉えることもできようが、同時に、動物や肉体の世界をマーガレットが肯定的に捉えていることの証左ともなるように思える。ここから、マーガレットの動物性に対する両価的な態度に焦点を移すことにする。

　ここで注目したいのは、マーガレットが動物性に接すると、彼女にはある共通した現象が何度か起こることである。その共通性からフォースターが入念に用意したに違いないと推測できる、マーガレットに起こる現象とはどういうものか、ジュリア・クリステヴァが『恐怖の権力』(1980) で唱えた、「アブジェクシオン」の概念を用いて説明したい。「アブジェクシオン」とは、個が明確なアイデンティティを持った主体として自立するのに欠かせない仕組みである。クリステヴァの「アブジェクシオン」をここで用いたい理由は、それに欠かせない要素が、動物性にマーガレットが対峙したときに見られる次のような点と重なり合うからである。(1) 動物性に向き合うとき、(つなぎ目が見えない、互いが溶け合ったイメージの)「混淆状態」がその世界とマーガレットの世界との間に発生すること。(2)「混淆状態」が発生する際、「不安」や「嫌悪感」が重要な要素となっていること。(3) その「不安」や「嫌悪感」を与える対象は、マーガレットに、同時に「魅力」を与えるものとなっていること。そして、最後に (4)「私にはわからない」や「何と言っていいかわからない」といったことばに見られるような、「表象不能」の状態があらわれること、である。

　クリステヴァによると、やがてアイデンティティを持った主体となる「子」の肉体は、誕生直後から幼児期までは「母」の肉体と融合して一体となっており、いまだ主体以前(「前＝主体」)の状態である。アイデンティティを持った主体が成立するためには、いまだ主体ならざる「子」が、「母」を自分とは違う対象として認識し、母子融合状態を解消しなければならない。(母子が融

合した状態では「母」はいまだ対象として存在しておらず、「前＝対象」としてのみ存在している。）そして「自己／他者」や「主体／対象」の境界がつくられる際には、「前＝対象」である「母」は「おぞましきもの(アブジェクト)」として設定され、「棄却(アブジェクション)」される必要がある。しかし、この「おぞましきもの」は、不安や嫌悪を誘発するものであると同時に、快楽を与え得るものである。そのため、主体として独り立ちしたばかりの「子」は、以前の自己と他者が未分化な、母子融合状態を求めてしまう。「おぞましきもの(アブジェクト)」は、このように融合の快楽で魅惑しながらも、同時に不安や嫌悪を誘発する、両義的なものとして体験されるのである。

「おぞましきもの(アブジェクト)」は母子融合状態から切り離され、対象となることで、初めて意味にあらわし得るものとなる。つまり、「アブジェクシオン」により、主体は記号操作を習得し、意味をなす言語活動や論理的秩序の出現の端緒を与えられる。（主体となる「子」はここで「私は私だ」と認識できるようになる。）逆に、分離がまだ完全でないため、主体が「おぞましきもの(アブジェクト)」により取り込まれ、再び自他の境界のないどろどろした母子融合状態へ戻らされると、記号や言語などの象徴を理解し表現する能力を失う「表象不能症」となる。「おぞましきもの(アブジェクト)」は、「動物の領域をさ迷う人間が味わうあの脆い状態にわれわれを立ち向かわせる」(Kristeva 12) のだ。そして、「子」は、この「母」との「分離―融合」を繰り返していくうちに、やがて「母」から完全に切り離され、確固とした主体となるのである。

ここからは、「おぞましきもの(アブジェクト)」に嫌悪を感じながらも同時に魅了され、それとの融合を促されるマーガレットの様子を詳細に解説していきたい。マーガレットの動物性に対する両価的な態度はレナードに対してのみ見られるわけではない。マーガレットに見られる「アブジェクシオン」のプロセスは、彼女とルース・ウィルコックスとの関係において、最も理解しやすい形であらわれる。マーガレットがヘンリーの妻であるルースと親交を深めるのは意外に思え

る。夫ヘンリーによる妻の死後の回想によると、家族のことを第一に思いやり、「驚くほど天真爛漫」(76) だった、「家庭の天使」をも連想させるルースは、これから「一日十時間読書しても追いつかないだろう」(47) とレナードに思わせる読書経験を持ち、友人との知的な会話を何よりの楽しみとするマーガレットとは、あまりに異なった人物である。また、「行動や議論は男性に任せておいた方がより賢明」で、女性である自分に「投票権がなくて本当にありがたい」(66) といったルースのことばは、男女同権を訴えた「ニュー・ウーマン」を連想させるマーガレットにとっては承認できない忌避すべきもののはずだ。ジュリーおばさんが書いた手紙に返事を寄こさなかったこと (49) や、イングランド流の引っ越し後の礼儀に従わなかったこと (55) などで、ルースのことを少し不愉快に思っていたものの、彼女と初めて会ったマーガレットは、思いも寄らぬことにすぐに打ち解けて、彼女との会話を弾ませる。この最初の談笑の場で、ルースは、「私が言うことはいつも不確かに聞こえます」(59)、「私にははっきりと言うことができません」(62) といったことばで、自分の表象能力の拙さを繰り返しマーガレットに詫びる。

　マーガレットの友人を招いて開かれた昼食会では、「議論を交わせば家は生き続けます、家は煉瓦とモルタルだけでは立っていられませんよ」というマーガレットの発言に対して、「でも家は煉瓦とモルタルなしでは立っていられません」(66) とルースは答える。言語表現能力や論理的思考能力と大いに関係する「議論」を重んじるマーガレットは、「何でも見事に表現されるわ」とのルースの褒めことばに、「ただそう言われるだけではつれないです」(65) と返すように、議論に加われないルースに戸惑いを覚える。

　ルースは、この昼食会の間、マーガレットとその友人たちの知的な会話にほとんどついていけない。マーガレットが、なぜ夫ヘンリーがシュレーゲル家のルーツであるドイツが好きでないのかと質問をしたとき、ルースはそれに答えられない。

> Mrs Wilcox had no idea; she paid little attention to grounds. She was not intellectual, nor even alert, and it was odd that, all the same, she should give the idea of greatness. Margaret, zigzagging with her friends over Thought and Art, was conscious of a personality that transcended their own and dwarfed their activities. . . . And at lunch [Mrs Wilcox] seemed more out of focus than usual, and nearer the line that divides daily life from a life that may be of greater importance. (65)

「わからない」ので答えられないルースは、ここでなぜかマーガレットに「偉大さ」を感じさせ、その姿をぼやかすことで、「日常生活」というマーガレットが圏域としてきた世界と、「より重要であるかも知れない」別の世界の「境界 (line)」を出現させる。それまで感じられることのなかった境界は、マーガレットたちの「人格(パーソナリティ)を超越した別の人格を意識させ、自分たちのやっていることを卑小に」見せる。ルースのぼやけた世界は、マーガレットの住む世界もぼやけさせてしまう。ルースがことばを発するたび、「よく知っているものの輪郭がぼやけていった (the outlines of known things grew dim)」(67) からだ。ぼやっとしたルースの世界に、その輪郭を失い、同じようにぼやっとなったマーガレットの世界は、融合を迫られているようである。マーガレットに関した描写に、「境界」にまつわることば——'border'、'line'、'outline'、'borderland'——がよくあらわれるのは、彼女がこのような融合を迫られる経験を何度かすることと関わっているようである。

　その思想や観点を、マーガレットにはっきりとつかめさせないまま、この後すぐこの世を去ってしまうルースのぼやけた世界が、「アブジェクシオン」に登場する「前＝対象の母」に照応すると思われる理由の一つが、他人との意思疎通ができていないのではないかと時折疑わせるほどの、ルースの受け答えである。女性の権利は向上すべきかどうかというマーガレットの質問に対する、「私にはわかりません、私にはわかりません (I don't know, I don't know)」

(66) というルースの返答は、ことば自体を理解する能力を失っているかのようである。表象不能症を連想させるようなルースの様子を見て、彼女が「溶け合う」(63) ことができなかったマーガレットの友人たちが、「つまらぬ人だ」(67) と切り捨てるのに対し、マーガレットは、自分たちが「わけのわからないことをしゃべる猿」(67) のように思え、ルースの世界を求め、そこに溶け込み、ロンドンや川が呈する混淆状態を連想させもする融合を夢想する。ルースの表象能力のなさは、マーガレットに嫌悪感を与え、また同時に彼女を魅了する。小説出版直後に出た『スタンダード』の無署名の論評記事にある、これまでのフォースター作品の全ての登場人物の中で「最もわれわれの心をつかみ、そして捉えがたい」(Stape 148) 人物だというルース評は、この両義性を言いあらわしているようだ。そして、この両義性ゆえ、ルースは「おぞましきもの」となり、マーガレットのアイデンティティを攪乱するのである。

　ルースが死んだ後、マーガレットは、「これまでより少しだけ、人間とは何か、人間は何に憧れるのかわかる」(88) ようになる。マーガレットは、ルースの死により、その世界を「棄却」することを迫られたためか、以前より少し成長した主体として自立したようにも感じられる。この後、マーガレットは、「散文的」なヘンリーとの婚約もあり、「実際家」の側面を強めていく。しかし、彼女のアイデンティティは固定されることはない。ロンドンや川の「絶え間ない流れ」や「永遠に形が定まらない」状態を連想させるような、アイデンティティの「安定―攪乱」の往還が、ルースに似た「おぞましきもの」との再会により、続くのである。

　マーガレットの「おぞましきもの」との再会は、例えば、初めてハワーズ・エンド邸を訪れた際にも見られる。ハワーズ・エンド邸は「一つの魂であり、自分は魂の相続人を求めていた」(84) という、常人の理解を越えた思いを表象できぬまま、屋敷をマーガレットに贈与するという遺族を困惑させる遺言状を残して、ルースはこの世を去った。マーガレットは、このハワーズ・エンド邸を訪れ、更

に、謎めいた言動で彼女を「怖がら」(172) せる屋敷の管理人ミス・エイヴリーに会ったことで、死んでこの世にはいないルースの世界との再会を果たしたような気持ちになり、感情が高ぶる。

> [S]tarting from Howards End, she attempted to realize England. She failed. . . . But an unexpected love of the island awoke in her, connecting on this side with the joys of the flesh, on that with the inconceivable. . . . [I]t had been hidden from Margaret till this afternoon. It had certainly come through the house and old Miss Avery. Through them: the notion of 'through' persisted; her mind trembled towards a conclusion which only the unwise have put into words. (174-75)

ここで注目すべき点は、マーガレットの感情の高ぶりと共に、「表象不能」をあらわすことばが立て続けにあらわれていることである。マーガレットは、ハワーズ・エンド邸を手始めとして、イングランド全体を頭に描き出そうと試みるが、その試みは「失敗」に終わる。次に、島国全体に対する愛情が思いがけず呼び覚まされるが、それが結びついている二つのもののうちの一つは「肉体の喜び」であり、もう一つは「心に描くことができない」ものだと述べられている。また、彼女の心は興奮で震え、一つの結論に向かおうとしたが、語り手いわく、それを「ことばであらわすなど愚か者がやる」ことだ。つまり、ここではマーガレット自身が、表象不能状態に陥っている。表象不能と共にここで強調されているのは、マーガレットの頭にこびり付く「通じて (through)」ということばである。このことばは、ハワーズ・エンド邸とミス・エイヴリーの「おぞましい（アブジェクト）」世界が、マーガレットの日常世界と繋がり、境界がなくなって、二つの世界が溶け合っていることを暗示しているようである。マーガレットは、表象不能をもたらすルースの世界との甘美な融合状態に心を震わせているのだ。

　このマーガレットの「おぞましきもの（アブジェクト）」への忌避と渇望の往還

は、レナードに対しても見られる。レナードが、前日のジャッキーの訪問について説明するためウィッカム・プレイスにやって来た際、「ばんざい！」(98) と声を上げて喜ぶヘレンとは異なり、マーガレットは、先ほども述べたように、嫌悪感を抱く。この場面でマーガレットは、消されたはずの動物の痕跡がかすかにあらわれているその身体を見て、「動物の華々しさを捨てて燕尾服やわずかばかりの教養を求めて何か得になったことなどあったのだろうか」(98) と気の毒に思う。マーガレットは更にレナードを「本の上っ面だけよく知っている」(98) タイプの人間だと見破り、彼への嫌悪感を募らせるが、ジャッキーを放って夜通し森の中を散歩した彼の冒険譚に興味を抱く。学識を衒うかのように文学作品を引用しながら説明するレナードの様子に度々うんざりしながらも、彼が衒いを捨て去り、「いつまでも記憶に残る正直さ」(102) を出して語り始めると、マーガレットはこの話に夢中になる。レナードはここで、マーガレットに分離と融合の衝動を同時に与える、「おぞましきもの(アブジェクト)」となるのだ。

　マーガレットがレナードに魅かれたのは、文化の領域に入り込もうとするのを彼がやめたからであろう。レナードは冒険譚の説明を続けるので、ルースのような表象不能状態になったわけではないが、「いつまでも記憶に残る正直さ」を出したその姿に、言語のみで構築された、虚構性に満ちた文化的な領域から、動物や肉体の領域への彼の帰還を、マーガレットは感じ取ったはずだ。また、マーガレットが後にヘンリーに、レナードを好きな理由として、「体を動かす冒険」(124) を彼が好むことを挙げているように、この冒険譚自体が、ハワーズ・エンド邸とミス・エイヴリーの世界に発見した「肉体の喜び」(174-75) を、マーガレットに連想させたのかも知れない。

　しかし、マーガレットのレナードへの興味は、同じ日に開かれた晩餐会での中産階級層の友人との貧者救済に関する議論で消え去ってしまう。貧者救済の問題に関しては、当時英国で、民間や個人の

博愛主義に任せるのではなく国家が介入すべきだ、慈善活動は人口の自然淘汰の邪魔になるからやめるべきだ (Childs 2)、といった侃々諤々の議論が巻き起こっていた。貧者救済に賛成の者からも反対の者からも出される様々な見解を目の当たりにして、マーガレットは、ヘレンにレナードとの付き合いを控えるように助言する。このようにマーガレットは、彼女を魅了するが同時に不安に陥れる、「おぞましきもの」であるレナードを「棄却（アブジェクション）」して、そこから分離したいという気持ちと、融合状態の甘美さに耽りたいという気持ちの間を往還するのだ。そして、この往還運動のため、マーガレットは、まるで「絶え間ない流れ」により常に変動するロンドンや川のようになり、アイデンティティを固定できないのだ。

　小説の最終章で、ヘレンは、田舎にまで「じわじわと広がって」いるロンドンが「るつぼ」となり、ハワーズ・エンドも含めて、「世界中の人間の生活が溶かされてしまう」(289-90)、と予想する。ますます拡張し、世界をその中に溶かし込むかも知れない、「怪物」(92) にもたとえられるロンドンに対するヘレンの不安は、「流動」や「混淆」をその特徴としたロンドンや川の「絶え間ない流れ」が以前マーガレットに与えた不安と同じものであろう。しかし、これに対し、マーガレットは「妹は正しいことを言っている」(290) と思い、この予想を不安がらずに悠然とした態度で受け入れる。この態度は、往還運動を繰り返した後、そのアイデンティティが以前よりずっと安定したものになったマーガレットの成熟ぶりを示しているようである。その境界をなくし、「おぞましきもの（アブジェクト）」との「分離─融合」を繰り返してきたマーガレットは、その運動をまた始めることになっても、もう不安に思ったりはしないのだろう。

4　科学的ディスコースと「畜群」

　マーガレットに見られる「文化─肉体」、「表象─表象不能」、「分離─融合」の間で行われる、「絶え間ない流れ」のような往還運動

や、「肉体」、「表象不能」、「融合」への渇欲は、他の登場人物にはほとんど見られない。特に往還運動や動物性への渇欲が見られない人物としては、まずウィルコックス家の人々が挙げられるだろう。ウィルコックス家の人々に共通する点は、外界を全く必要としない自己充足性である。ヘレンの価値観を「ナンセンス」と次から次へとばっさり切り捨て、「自分の知らないことは知る価値などあるはずがない」(112) と思うウィルコックス家の人々は、オルテガ・イ・ガセットが『大衆の反逆』(1930) で示した「大衆」と符合する点を多く持っている。オルテガが「大衆」と呼ぶこの人間たちは、「19世紀や20世紀初頭」(Ortega 58) に跋扈した人々であり、「外部に左右されず、自己の中に閉じこもり、いかなるものにも、誰にも従うことなどできず、自分は自立して事足りている」(Ortega 66) と信じている。彼らは凡庸な知性しか持ち合わせていないのに、「外部のいかなるものからも、己の限界を認識させられるような刺激は受けない」(Ortega 62)。オルテガは、「大衆」が生み出されるようになった理由として、それまでは「経済的にも肉体的にも耐えがたいほど重い運命」でしかなかった「生」が、「ゆとりある安定した経済状態」と「快適さと公共の秩序」のおかげで、自由闊達なものになったこと、そして、「自由民主主義、科学的実験と産業主義」の台頭があったことを挙げている (Ortega 55-56)。

　オルテガ的大衆に似通ったウィルコックス家の思考様式は、当時の社会的背景や思想的背景と関連づけられているのだろうか。ウィルコックス家には、「この世にはこれからもずっと金持ちと貧乏人しかいない (there always will be rich and poor)」(164) というヘンリーのことばによくあらわれているように、「(優れた) 自己 / (下劣な) 他者」という二分法的思考がつきものである。ウィリアム・グリーンスレイドは、このような粗野な二分法は、19世紀末英国で流行し、その流行は、先にも説明した「頽廃」の概念の広まりと関連があったと指摘している (Greenslade 2)。この学説の支持者たちが、頽廃が顕在化した例として挙げたのは、病人、犯罪者、貧

乏人、売春婦、唯美主義者、ホモセクシャル、「ニュー・ウーマン」と名付けられた婦人参政権を求めた女性など様々である。頽廃論は、このような者たちの存在に不安を抱いていた保守的な中産階級層に、彼らを排除する論理的根拠を科学や医学の分野から与えてくれるものとして受け入れられた (Greenslade 2)。『ハワーズ・エンド』を「頽廃」と関連づけて分析しているグリーンスレイドは、ジャッキー・バストのような情婦だった者たちの一部は、落ちぶれて、精神病院や救貧院を満杯にしてしまうような人生を辿り、その結果ヘンリーのような連中が「国家の頽廃 (our national degeneracy)」(216) を嘆くような投書を新聞に寄せることになる、というヘレンのことばに注目している (Greenslade 221)。「頽廃」を利用して、自分たちにとってより都合のいい社会をつくり上げようとする、保守的な中産階級層の魂胆を、ヘレンを通してフォースターは暴いていると言えよう。

　別の箇所でもヘレンは、ウィルコックス家の人々を、「自分たちのいわゆる常識(コモン・センス)の水準に全世界をならす」(204) 連中だと揶揄し、科学——ここではダーウィニズムまたは社会ダーウィン主義——に根拠を求めながら、粗野な二分法を駆使して自分たちの常識(コモン・センス)から逸脱したものを堂々と排斥するやり口を非難している。

　　'I don't like those men. They are scientific themselves, and talk of the survival of the fittest, and cut down the salaries of their clerks, and stunt the independence of all who may menace their comfort....' (164)

ここでヘレンは、二項対立原理に基づいた科学的ディスコースを用いた排除の対象者として、レナードのことを念頭に置いているが、彼女自身がこの後、「科学という美名のもとに」、勝手な「レッテルを貼りつける」(246) ヘンリーや医師マンズブリッジらによって排除される危機に晒される。科学的ディスコースに基盤を持つ、「黒か白か」(282) の二分法的思考こそが、「自分がやりたいことは何

かがすぐにわかる」ウィルコックス家を自己充足的にし、その牢固なアイデンティティを維持させる源となっているのだ。

　この「黒か白か」の二分法的思考は、ウィルコックス家以外の人間にも実は見られる。小説全体を通して最もこの思考方式に依存していると思える人物は、ウィルコックス家の長男のチャールズと、シュレーゲル家の末っ子であるティビーである。駅員やお抱え運転手に対する傲慢な態度や、ヘレンとの婚約の件でポールを問いただし、「イエスかノーか」(18) の答えを求める態度にあらわれているように、チャールズは、ウィルコックス家の中でも二分法的思考に関しては先鋒に立つ存在だ。一方、ティビーも、「自分だけをほめたたえ、海に沈まないようもがいている者たちや、海底に沈んでしまった者たちは軽蔑」(264) すると述べられているように、極端なまでの二分法的思考を持っている。ティビーは、自分が属する圏域の外部に関しては徹底的に無関心であり、姉たちとは異なり、ウィルコックス家やレナードに対する興味もわいてこない。ティビーには、「静態」をイメージさせることばやエピソードがつきまとう。彼は、「活動を伴わない文明」(95) を自分の理想とし、デューシー・ストリートの家にレナードが訪れたときも、昼寝をしていて動こうとせず、訪問者が誰なのかも確認しないまま、彼に門前払いを食らわせる。チャールズ同様、ティビーから、自分の圏域外の世界との接触や融合を試みる姿を想像するのは難しい。

　チャールズとティビーは、ジェンダー観の面などで、著しい対照をなす人物として設定されているようである。チャールズは、レナードが亡くなった件で警察に呼び出されることが決まったところで小説から姿を消す。その直前に、父親ヘンリーに「女みたいな、すねたところ」(281) が見られたことを心配するように、チャールズは、一貫して伝統的なジェンダー観の遵守を求める男である。一方、髪の毛を長く伸ばし、「ティビーおばさん」(36) とヘレンに呼ばれるような、男らしからぬ手際のよさで紅茶を自分で用意し、19 世紀の男たちが強めてきた「仕事をしたいという欲求」(94) を

感じた経験などないと言うティビーは、伝統的な「男らしさ」の規範を越えている存在だ。

その「男らしさ」の欠如や「美に対する鋭い感性」(90) から、ホモセクシュアルであった唯美主義者、オスカー・ワイルドを連想させもするティビーは、確かにチャールズとは対照的な人物である。しかし、この二人はレナードに対して冷酷な態度を貫いている点で共通している。ハワーズ・エンド邸を訪れたレナードに、怒りに震え軍刀を打ち付けるチャールズは言わずもがなであるが、ティビーもレナードをひどく嫌っている。森の冒険の話を、文学作品を引用しながらシュレーゲル家へ伝えようと試みるレナードを、ティビーは、その説明が「詩の領域まで到達するはずがない」(101) と見限り、話を最後まで聞かず部屋を立ち去る。チャールズがヘレンを妊娠させた相手を問い詰めに家に来たとき、「共通点は英語を使うこと以外に何もない」(264) この男に、「聞いた話を他人に言いふらすことなどめったにない」(56) はずのティビーは、レナードの名前を出してしまう。ティビーが自分の気質に反して漏らすレナードの名前は、彼にとって、まるで排出すべき病原体やアレルギー原因物質のようである。チャールズとティビーは、冒頭のヘレンの手紙に書かれているように、「枯草熱 (hay fever)」を患っていることでも共通している (3)。くしゃみなどで、外部に存在する「異物」の侵入に抵抗し、またそれを排出しようとする二人の姿は、その自己閉塞的な性質をよくあらわしている。

ウィルコックス家やティビーに見られるレナードへの徹底した嫌悪は、失業した彼に救いの手を差し伸べ、彼と情事に耽ることになるヘレンには当然見られない。しかし、マーガレットが示したような彼の動物性への憧れはヘレンにはあまり感じられもしない。フォースターは、マーガレットとヘレンがレナードに魅了される理由を、それぞれ丁寧に区分けし、この二人のヒロインの性質の違いを際立たせている。レナードが、ジャッキーの訪問について説明するためウィッカム・プレイスにやって来た際、マーガレットが不安

を抱くのとは異なり、ヘレンは「ばんざい！」(98) と声を上げ喜ぶ。ジャッキーがその前日にウィッカム・プレイスに行方不明の夫を探しに来たときも、マーガレットは、今回のような出来事に「ますます関わることになるのではないかと異様なまでに恐れ」(97) を感じる一方で、ジャッキーに対面したヘレンは、「顔は蚕のよう」(97) で化粧品のひどいにおいがしたと声を弾ませながら嬉々として姉と弟に説明する。

　レナードやジャッキーに会ったときにヘレンに生じる高揚感は、彼女がウィルコックス家の人々に自分の信じるものをことごとく「ナンセンス」(20) と切り捨てられたときに生じた高揚感を彷彿させる。バスト夫妻とウィルコックス家にヘレンが魅力を感じた両者に共通する特徴とは、その明確なアイデンティティであろう。ある場面でヘレンは「私は私だ (I am I) 」(203) と言える存在であることを誇らしげに主張するが、その自信に満ちた姿とは裏腹に、先に述べたように、たやすく「自己没却」に陥ってしまう人間である。ヘレンはまるで、自身が名前を出しているニーチェのことばを借りるならば、強大な権力を持つ他者を自己の外部に想定し、それへの隷従に喜びを感じる、主体的判断ができない「畜群」——ニーチェが、ヘレンが言及している「超人」(200) と対置している人々——のようである。「畜群」や、あるいは「自分の感情にも知性にも従わず、ただ『うたい文句』を頼りにして自分たちの運命へ向かって行進していく無知蒙昧な連中どもの大群」(*A Room with a View* 162) のように主体的な判断ができないため、ヘレンは、異質なものが海から流れ込む川の水面を安定させるために、ヘンリーが他の人たちと協力して設けた閘門 (112) のように牢固なそのアイデンティティに一時的に魅了されてしまったのだ。

　ウィルコックス家のときと同じように、ヘレンは、特に失業した後そのアイデンティティを強固なものにしたレナードに魅了される。レナードは、ヘンリーの嘘のインサイダー情報をシュレーゲル姉妹から伝えられたことがきっかけとなり、職を失う。それま

でかろうじて品のいい世界の縁ぎりぎりで押しとどまり、「どん底を眺め渡すことはできたが、そこにいるわけではなかった」(38) レナードは、職を失った後、絶望の淵に投げ込まれる寸前となる。そこにいると「はっきりと物事が見えるようになる」(193) 崖っぷちに立たされたレナードは、ヘンリーが発したことばと全く同じもの——「世の中にはこれからもずっと金持ちと貧乏人しかいない (There always will be rich and poor)」(194)——を彼女にぶつける。レナードは、「あなたは自分で何を言っているかわかっておられない」(193) と、「ナンセンス」と叫んだウィルコックス家の人々を彷彿させる勢いで、ヘレンを責め立てる。ヘレンは反論もするが、その後レナードと情事に耽ることになる彼女を、語り手は次のように描いている。

> Helen loved the absolute. Leonard had been ruined absolutely, and had appeared to her as a man apart, isolated from the world. . . . She and the victim seemed alone in a world of unreality, and she loved him absolutely, perhaps for half an hour. (270)

マーガレットの場合と違い、ヘレンをレナードに引き寄せた要因がその動物性ではなかったことが、この箇所からはっきりとわかる。ヘレンは、レナードを「現実世界から孤立し、分離された」揺るぎない固有性を持った男と認識したからこそ、彼のいる「非現実的な世界」に没入したのである。しかし、ポールとの婚約騒動のときと同じように、短期間で——今回は「おそらく30分」で——レナードの世界から、自分の身を遠ざけるのである。

　ヘレンは、結婚するとすれば、「私を完全に支配できるような強い男か、私が完全に支配できる男」(165) のどちらかしかいないと姉に告げる。自分を「完全に支配できるような強い男」とは、ジャック・ラカンが唱えた「象徴界」——言語や論理的秩序が支配するいわば文化の世界——への参入を「子」に可能にする、全能的

な「父」のようである。この「象徴界」に入るためには、「母」と融合した状態の「子」は、「父」の介入により、「母」から切り離されなければならない。その際、「父」は、なぜ世界のあらゆる事象は現在ある状態に分節されているのかについて、説明を一切せず、既につくられた制度や法をただただ受け入れるように「子」に迫る。このプロセスを経て、はじめて「子」は言語を使用することができるようになり、「主体」となることができる。信奉していると主張する平等主義などの思想を、理由もろくに提示せず、ただ「ナンセンス」と切り捨てるウィルコックス家の人々や、「あなたは自分で何を言っているかわかっておられない」と言って反論をはねのけるレナードとヘレンとの関係は、このラカン的な「父―子」の関係に近いと言えよう。

5 ウィルコックス家の抑えられた肉体

マーガレットに見られる「文化―肉体」の間での揺れ動きは、前作の『眺めのいい部屋』でもあらわれたテーマであった。『眺めのいい部屋』では、ヒロインのルーシー・ハニーチャーチは、自意識、儀礼、理性などを重んじる婚約者のセシル・ヴァイズと、抑圧された本能の解放を希求するジョージ・エマソンの間で揺れ動く。セシルが「自意識」や「禁欲主義」という「悪魔に掌握された」(*A Room with a View* 81) 男であると語り手が述べていることや、最後にルーシーがセシルとの婚約を解消し、ジョージを選び幸せになることなどからもわかるように、この作品では肉体の領域への帰還が明らかに推奨されている。同じテーマを扱った『ハワーズ・エンド』ではどうなのだろうか。

『ハワーズ・エンド』でも、肉体の領域を拒絶する者を批判的に描くことによって、肉体の領域の重要性が説かれているようである。チャールズは、妻ドリーの兄であるアルバート・ファッスルと朝の水泳に出かけるが、脱衣所の鍵がない、飛び板に不備があるな

どの理由で、中々水の中に入ろうとしない。ジョージ・エマソンがルーシーの弟のフレディらと共に素っ裸になって池で子供のように水浴びをする場面と対置されているかのようなこの場面で、マーガレットは、チャールズの様子を見て次のように考える。

> If Margaret wanted to jump from a motor-car, she jumped.... But these athletes seemed paralysed. They could not bathe without their appliances, though the morning sun was calling and the last mists were rising from the dimpling stream. Had they found the life of the body after all? (186)

「車から飛び降りたければ、飛び降りる」マーガレットは、道具が揃わなければ水の中に入れないチャールズたちを見て、体が麻痺して動けないのは、彼らが肉体の欲求や動物的な本能に抗っているからだと判断する。「肉体中心の生活 (the life of the body)」とは、ウィッカム・プレイスにやって来たレナードを一目見て、彼が「失ってしまった」(98) のだとマーガレットが残念に思ったものである。冒険譚を語っている途中で、レナードが表象不能を暗示するような「正直さ」を出すと、動物性が彼にあらわれ、マーガレットを喜ばせた。マーガレットは、ウィルコックス家の人々がレナードのように正直に動物性をあらわそうとしないことに苛立ちを覚えているのだ。

　ウィルコックス家の人々が肉体を拒絶するのは、彼ら自身が本質的に肉体の領域の住人であり、そのことを隠したかったからかも知れない。誰かから手紙が届くと、連中は何が欲しいのかとチャールズが聞くのは、「何かが欲しいという欲求こそが人間の唯一の行動の原因」(81) だと思っているからだ、と語り手が述べているように、この一家には、誰よりも強い動物的な本能が備わっているようである。ヘンリーが密かに「肉体的情熱は悪いものだ」(159) と思っているのも、自分たちの動物的本能の強さ、そしてその恐ろし

さを感じ取っていたからかも知れない。クリステヴァは、原始社会では、「動物や動物性の威嚇的世界」の典型は「セックスと殺害」だと指摘している (Kristeva 13)。セックスと殺害は『ハワーズ・エンド』にも、ヘレンとレナードの性交渉とチャールズのレナード殺害への関与という形で登場する。ハワーズ・エンド邸に妊娠中のヘレンを泊まらせるというマーガレットの提案に対して、ヘンリーは、異様に思えるほどの抵抗を示す。「財産に対する彼の強い執着」(171) を見てきたマーガレットは、社会倫理に反する未婚状態でのヘレンの妊娠により、「家の資産価値が下がるからですか」(262) とヘンリーを問いただす。[1] ヘンリーがヘレンをハワーズ・エンド邸から必死になって追い出そうとする理由は、もう一つあるだろう。それは、子を孕んだヘレンのスキャンダラスな身体を屋敷に入れることは、ウィルコックス家の人々が腐心して清らかさを保ってきたその固有性——つまりアイデンティティ——の毀傷に繋がるからだ。ヘレンに対して何もなかったかのように振る舞えば「社会での自分の身分に背くことになる」(262) というヘンリーのことばは、その証左となるだろう。『アテネーム』の論評記事にあるように、「野獣のような (brutal)」(Stape 147) 性質が、ウィルコックス家の特質と捉えられることが多いが、実は彼らは、世間体や社会的地位を常に気にしているように、自分たちをあくまで文化の軸に位置づけ、動物性を表層にあらわさないように気を配っているのだ。

　そんな中での長男チャールズによるレナード殺害への関与は、隠していた「動物や動物性の威嚇的世界」を完全に露呈してしまうものであったのだろう。「どうしていいかわからない——どうしていいか (I don't know what to do—what to do)」(285) とマーガレットに呆然と語るヘンリーの姿は、自分のアイデンティティも含めて、何事もはっきりと「わかっていた (know)」彼の以前の姿とあまりに対照的なものであり、この事件の衝撃度の高さを物語っている。作品中には、語り手や他の登場人物が、ヘンリーの「内側 (within)」や「後ろ (behind)」には何があるのか説明している場面がいくつかあ

る。語り手は、ヘンリーは、外見上は、「陽気で、頼もしく、雄々しい」が、その内側を見ると、「混沌」(159) があると言い、ヘレンは、ヘンリーだけでなく、ウィルコックス家全員の内側には、「恐怖と空虚 (panic and emptiness)」(22) があると指摘する。[2] 何物にも動じない堅固なアイデンティティが鎮座していると思われていたヘンリーの内側には、ロンドンや川を想起させるような混乱があるのか、それとも、ヘレンが指摘するように「空っぽ」なのか——この点はここでは解読しないが、いずれにせよ、これらの見立てが正しければ、ヘレンが小説の冒頭で魅了されていたヘンリーの牢固なアイデンティティは、幻影だったことになるかも知れない。

6 結 び

　小説の最後で、肉体の領域を激しく拒否したウィルコックス家のチャールズが懲役刑を与えられ、ヘンリーが「去勢 (emasculation)」(Cucullu 112) されたような状態になることなどから、フォースターは、『眺めのいい部屋』同様、肉体の領域への帰還をこの作品を通して読者に訴えかけようとしていたと言えるかも知れない。そして、体内に入り込んだものをうまく消化できない「胃弱」(24) に苦しみ、枯草熱のため、肉体の外部と内部の境界とも言える体の「粘膜」(9) がひどい状態になっているティビーの姿を見ると、肉体の領域との融合を拒絶する者への忠告をフォースターは与えようとしているようでもある。しかし、文化の象徴である本に押し潰されて亡くなるという最期をレナードが迎えたという事実も見逃してはならない。この最期は、フォースターが、この作品を通して、肉体に対する文化の優越性を訴え、境界を侵犯しようとする肉体の領域の住人へ警告を与えようとしていた、といった推測をも可能にするだろう。

　『ハワーズ・エンド』では、マーガレットの動物性に対する両義的な態度や、「文化 vs 肉体」の問題に白黒をつけることをフォース

ターは拒んでいるようである。そして、このマーガレットの決着を見せることのない両義的な態度を、彼は大いに肯定しているようである。作品には、マーガレットが自分の両義的な態度を受け入れようとしていることを暗示する箇所がある。マーガレットは、ウィルコックス家の末娘イーヴィーが結婚式を挙げるオニトンという土地をとても気に入る。「いつまでもあせない印象」(178) をマーガレットに与えることになるこの土地に、ヘレンが職を失ったレナードとジャッキーを連れてやって来る。彼の失職の責任を取らせようと、ヘンリーとの面会を求めるヘレンに対し、マーガレットは彼女とヘンリーの仲介を申し出る。「いつものように二つの間を行きつ戻りつする」(196) マーガレットの様子を、語り手はオニトンと重ね合わせる。

> Oniton, like herself, was imperfect. Its apple trees were stunted, its castle ruinous. It, too, had suffered in the border warfare between the Anglo-Saxon and the Celt, between things as they are and as they ought to be. Once more the west was retreating, once again the orderly stars were dotting the eastern sky. There is certainly no rest for us on the earth. But there is happiness, and as Margaret descended the mound on her lover's arm she felt that she was having her share. (197)

ここにあらわされているマーガレットが行きつ戻りつする「二つの間」とは、主にウィルコックス家とヘレンの間のことのようであるが、「おぞましきもの（アブジェクト）」を巡ってマーガレットの中で往還運動が繰り広げられる「文化―肉体」、「表象―表象不能」、「分離―融合」の間のことも指しているのではないだろうか。オニトンは、ウェールズとイングランドとの境に近い、「アングロ・サクソン人とケルト人との境界争いで苦しみを受けた」土地で、「ありのままの現実」と「あるべき理想」といった異なる二つのものが戦いを繰り返す、「休息」など訪れることのない場所である。この地は「不完全」か

も知れないが、それでもこの地には「幸福」があり、マーガレットは自分もその分け前にあずかっていると思っている。オニトンは、マーガレットが嫌悪を感じたロンドンや川の「絶え間ない流れ」のように、いつまでも「文化―肉体」、「表象―表象不能」、「分離―融合」といった往還運動を繰り返すマーガレットの姿と重なる。そして、自分もオニトン同様、「不完全」かも知れないが、それでも「幸福」があるのだ、と休むことなく行きつ戻りつする自分の現状を、マーガレットはここで受け入れているようである。このようなマーガレットの自己肯定は、肉体の領域の優位性を訴えた前作では見られなかった、「文化 vs 肉体」の問題に対するフォースターの新たな態度を示すものだと言えよう。

注

[1] ヘンリーの財産(プロパティ)に対する執着は、一族が「頽廃」していくという恐怖と関連があるかも知れない。父と同じように三人の子どもを持ち、似た顔の特徴を持つ (77) チャールズであるが、父のような立派な生活を、自分やその次の世代の者が送れるとは思っていない。チャールズは、自分には「父親のような事業の才能が欠如」しており、「子どもたちが貧乏になってしまう」(184) のではないかと恐れている。このチャールズの恐れをヘンリーも感じ取っていたのかも知れない。

[2] 「恐怖と空虚 (panic and emptiness)」ということばは、作品中に度々登場する。ブラッドショーは、テクスト全てをうまく説明できるものでもないが、「ただ結び合わせよ ('*Only connect . . .*')」よりも、「恐怖と空虚 (panic and emptiness)」の方が、より適した作品のエピグラフだったかも知れなかった、と指摘している (Bradshaw 170)。

参考文献

Bradshaw, David. *"Howards End." The Cambridge Companion to E. M. Forster.* Ed. David Bradshaw. Cambridge: Cambridge UP, 2007. 151-72.

Childs, Donald J. *Modernism and Eugenics: Woolf, Eliot, Yeats, and the Culture of Degeneration.* Cambridge: Cambridge UP, 2001.

Cucullu, Lois. *Expert Modernists, Matricide, and Modern Culture: Woolf, Forster, Joyce*. Basingstoke: Palgrave Macmillan, 2004.

Darwin, Charles. *The Origin of Species* and *The Descent of Man*. New York: Modern Library, n.d.

Forster, E. M. *Howards End*. Penguin Classics. London: Penguin, 2000.

―――. *A Room with a View*. Penguin Classics. London: Penguin, 2000.

Greenslade, William. *Degeneration, Culture, and the Novel: 1880-1940*. Cambridge: Cambridge UP, 1994.

Hurley, Kelly. *The Gothic Body: Sexuality, Materialism, and Degeneration at the* fin de siècle. Cambridge: Cambridge UP, 1996.

Kristeva, Julia. *Powers of Horror: An Essay on Abjection*. Trans. Leon S. Roudiez. New York: Columbia UP, 1982.

Miracky, James J. *Regenerating the Novel: Gender and Genre in Woolf, Forster, Sinclair, and Lawrence*. New York: Routledge, 2003.

Ortega y Gasset, José. *The Revolt of the Masses*. New York: Norton, 1993.

Stape, J. H. ed. *Memories and Impressions; Reviews:* Where Angels Fear to Tread *to* The Life to Come and Other Stories. Mountfield: Helm Information, 1998. Vol. 1 of *E. M. Forster: Critical Assessments*. 4 vols. 1998.

クリステヴァ、ジュリア 『恐怖の権力 ＜アブジェクシオン＞試論』、枝川昌雄訳、東京、法政大学出版局、1984 年。

ラカン、ジャック『エクリ I』、宮本忠雄他共訳、東京、弘文堂、1972 年。

『遠い山なみの光』における差異と反復

永富　友海

　第二次世界大戦前後の日本における一女性の個人的体験を主軸とする処女作『遠い山なみの光』(*A Pale View of Hills,* 1982) から、イングランドで臓器提供のために作り出されたクローンたちの短い人生に焦点を当てた『わたしを離さないで』(*Never Let Me Go,* 2005) にいたるまで、カズオ・イシグロの大方の小説に共通するのは、「世のさまざまなことが変化し」(*PVH* 146)、[1]「潮の流れが一変する」(*NLMG* 259)[2] ことで、「その潮流に流され」(Matthews 115)、思想や言動の決定的な変化を余儀なくされた主人公が、自らの変化をどのように咀嚼していくのかを一人称の語りから浮かびあがらせていくという図式である。その変化が、処女作のエツコのように、娘の死という個人的な悲劇と密接に絡み合っているとき、あるいは『浮世の画家』のマスジ・オノのように、変節といった言葉に置き換えられるような場合、当然彼らの語りは「自己欺瞞や自己防衛」(Mason 5) の色を強く帯びた「信用できない (unreliable)」(Mason 9) ものになりがちである。一方『わたしを離さないで』の主人公キャシー・Hの場合は、世間から隔絶され、極端に情報の制限された環境で育てられたクローンという設定上、「信用できないというよりも、語り手としての資格を十分に備えていない (inadequate)」(Mullan 111) 語り手と言ったほうが的を得ているかもしれない。いずれにせよ、口にしたくないこと、口にできないことを抱え込んでしまった主人公の語りに、沈黙や省略が紛れ込んできたとしても不思議ではない。
　『遠い山なみの光』の語り手エツコは「控えめな女性 (a modest woman)」(Lewis 21) であり、感情を抑制する術に長けているため、しばしば言語化されない感情が、彼女の語りの随所に不在＝空白と

して点在する。[3]たとえばエツコの価値観や干渉に反抗的な娘ニキとのやりとりにおいて、エツコはときに苛立ちを感じ、ニキを「きびしい表情で見据えた」り、「冷たい口調で」(53) 返答したりすることはあっても、激しく声を荒立てたりはしない。長女のケイコが自殺を図ったと読者に伝える口ぶりにも取り乱した様子はうかがえない。しかしこうした真情描出の欠落は、彼女の性質に全面的に帰せられるわけではない。彼女が感情を抑制することのできる人物であるという印象を与える背後には、もちろん作者による巧妙な操作が少なからず働いている。長崎への原爆投下で家族と恋人を失ったエツコが父の友人であるオガタさん宅に引き取られたとき、彼女は「大変な衝撃を受け」、夜中にいきなりバイオリンを引き始めるといった「頭のおかしい」(58) 行動をとったりもしていたのだが、そうした記憶をイシグロはエツコの脳裏から剝奪してしまう。その結果、エツコの衝撃についての説明は、彼女に辛い過去を思い出させたくないというオガタさんの気遣いが提示しうる最低限の情報に留められる。激しく動揺して取り乱していたはずのエツコの様子が、彼女の主観的角度から再現されることはないのである。

　別の箇所では、イシグロはまた話法の操作もおこなっている。エツコと前夫のジローの間に生まれたケイコは7歳まで日本で暮らし、その後エツコと彼女の再婚相手のシェリンガムと一緒にイギリスに渡るが、外国暮らしになじめず、ついには自室に引きこもり、「狂ったように人を寄せ付けな」くなってしまう。母親であるエツコにとって、そのようなケイコの孤立と精神の荒廃は一通りでない苦しみの種であったはずであるのに、そうしたエピソードに触れるエツコの語りは殊更に淡泊な印象を与える。彼女はその情景を、直接話法を交えずに再現する。

> ケイコは最終的に家を出ていくまでの2、3年間、自室に引きこもって、自分の生活から私たち家族を締め出してしまった。部屋から出てくることはめったになく、私たちが寝静まってから家の中を

歩いている音がたまに聞こえてきた…ついには私たちもケイコのやり方に慣れてしまい、何かのはずみで私たちがいる居間に降りてきたりすることがあった日には、ひどく緊張したものだった。居間に入ってきたケイコは必ずニキや夫と喧嘩になり、結局自室へ戻っていくのだった。(53-4)

このとき飛びかっていたであろう怒声、鬱憤や憎悪が滲み出す言葉の応酬は、音声としてテクストの表面に浮上することのないまま、抑制され、落ち着いたエツコの語り口に吸収されてしまうのである。

　空白を恐れないこのテクストは、しかし、およそ無謀と言ってもよいほどの大きな空隙を孕んでいる。エツコが回顧する自身の半生から成るこの物語は、エツコが日本で暮らした年月とイギリスに渡ってからの年月と、ほぼ当分の時間で構成されていると考えられるが、その中間には大きな空隙が存在する。[4] それは日本にいた頃のエツコと、イギリスに移ってからのエツコの間に走る亀裂である。エツコはなぜジローと別れ、シェリンガムと結婚し、イギリスに渡ることになったのか、その間の事情にテクストは一切触れていない。客観的な現実よりも、事実と虚構の境界が曖昧な記憶という領域を前景化するイシグロ作品が、いわゆるリアリズム小説と一線を画していることは明白である。このテクストにおいても、一貫してイシグロの関心事であり続ける記憶というモチーフが、たしかに脱リアリズムの志向を実現させるための有効な手段として機能している。しかし、この作品で扱われる家族という要素、とりわけオガタさんのエピソードに顕著な戦後まもない日本における家父長的家族という設定が、ポストモダン的な奇抜さとは正反対の、どこか古風なリアリズムの世界感との近親性を漂わせていることもまた事実であり、そのようなテクストの構造の中心を空洞化してしまうという行為は、小説そのものの存立を揺るがしかねない、無謀な試みであると言わねばならない。

もちろんこの空白の内実について、一程度の想像を許してくれる手掛かりはある。エツコは長崎の爆撃で家族と恋人を失っている。復興の兆しが見えているとはいえ、焦土と化した街並みは、身重のエツコをともすれば悲観的な気分に陥らせているようである。夫のジローはいかにも抑圧的で、独り暮らしの老齢の父に冷淡である。しかしこれらの理由が、エツコの離婚と再婚、祖国を捨てて異国に渡ることになった十分な理由になるとは思えない。何よりも、渡英前後のエツコ像を突き合わせたとき、そこからこの空白を埋める理由を想像することは難しい。近隣の女性たちから不身持であると陰口をたたかれているサチコと友人関係を結びながらも、若き日のエツコは、何と言われてもサチコとフランクとの関係を直視しようとしない。サチコからどれほどからかわれても、フランクをサチコの「お友達」と呼び続ける。

> 「あなた彼のことを話題にするとき、いつだって『お友達』って言うけど、どうして何も聞いてこないの？　恥ずかしがることなんてほんとに何もないのに。ほら、エツコさん、あなたもう顔が赤くなってる」(71)

制度からの逸脱、殊に性愛に関する社会規範から逸れることをよしとしない保守性は、渡英後のエツコにも変わることなく引き継がれている。彼女を訪問中の次女ニキとの会話からは、ボーイフレンドと同棲中であるニキの生活態度を快く思っておらず、ことあるごとに娘に結婚と出産を勧める保守的な母親としての姿が浮かび上がってくる。

　在日時のエツコと渡英後のエツコに共通する保守的な態度は、テクストの中心に置かれた空白の不自然さを一層際立たせる。このようなエツコに、夫と離婚し、子供を連れて外国人と再婚し、異国に渡るという思い切った行動を決意させたものは何だったのか。この空白を埋める物語を紡ぎ出すこと、それはまさにリアリズム小説の

本業とするところであるだろうが、しかし戦争という大きな物語であれ、[5]家父長制から逃れる女性という陳腐な物語であれ、この空白は因果関係を構築するあらゆる物語を否定する。エツコがなぜ夫と別れ、日本を捨ててイギリスに渡ったのか、その理由ではなく、その行為を起こしてしまったあとの余波、影響に、このテクストは関心を寄せているようである。エツコの移動の経緯は、このテクストが所与のものとして内包する間隙として存在する。実際、この大胆な空隙、エツコの動機を表記しない「象徴的空白 (symbolic lacunae)」(Beedham 14) に着目する批評はいくつかあるものの、どれもその点を指摘するだけに留まっている。[6]他方で空白＝沈黙を包含するイシグロの語りの特性を「日本的なるもの」という点から跡付けようとする議論の数々については、これを全面的に無視するわけにもいかないが、[7]そうした見解の是非を論じることが本稿の目的ではない。ここでは空白が生じる理由を探るのではなく、空白、とりわけイシグロがこのテクストに所与のものとして孕ませた無謀なまでの大きな間隙を、このテクストがどのようにして乗り越えているのかを考察してみたいと思う。

　それにあたり、まず偏向した性質を持つこのテクストの構造を整理するところから始めたい。リーダブルな印象を与えるエツコの語り口とは裏腹に、語りの構造はおよそ単純とは言い難い。このテクストでは冒頭のエツコの現在時制がテクストの大枠を形成する。その現在の地点の正確な年月日は示されないが、同じ年の4月に、ロンドンで暮らす次女のニキがエツコのもとを訪れていたという情報が読者に与えられる。ニキがロンドンからやってきてロンドンに帰っていくまでの5日間という直近の過去が、エツコの回想の外枠を構成する。そのニキの訪問が引き金となって、エツコの回想は一気に過去へと遡り、戦後の「最悪の時期が過ぎ」、「朝鮮で戦争が行われていた」(11) とき、すなわち1950年辺りの夏へと向かう。エツコの回想を誘うのは、「6月の梅雨の季節が終わった」(13) 頃に近所に越してきたサチコとマリコという母娘との短い交流、8月の

数週間の記憶である。

　語りの構造という観点からみるとこのように入れ子状になっているテクストを、今度は時間軸にそって平面的に整理すると、次のように言い換えることができるだろう。この物語は大きく二分できる。すなわちエツコが日本で暮らしていた前半部と、イギリスに渡ってからの後半部である。そのなかで語り手がクローズアップするのは、前半の約一箇月と後半の5日間である。もちろんこの一箇月と5日の語りは、厳密にその期間に起こったことにしか触れないというわけではない。テクスト内で実際に流れる時間を解きほぐすと、第二次世界大戦の直前から1970代後半あたりまでの数十年をカバーしており、その長期にわたる時間が一箇月と5日の語りのなかに流れ込んでくる。しかしテクストの大部を占めるのは、あくまでもその数十年のうちのほんの数週間にすぎないのである。語り手エツコは時間の可変性に依拠し、部分を拡大するという手段に訴えている。

　その拡大された数週間という時空間に向き合う読者は、ここからfabulaとsjuzetに基づく物語の再構築を間断なく強いられる。テクスト内に配置された各エピソードを読者が時系列に沿って並べ替え、物語を再構築しようとするとき、読者とテクストとの関係は、精神分析医と患者の関係を想起させるというピーター・ブルックスの指摘は (Brooks 320-21)、今の場合、十分すぎるほどの妥当性を持ちうる。というのもニキの訪問はまさに、エツコの長女であり、ニキの異父姉にあたるケイコの自殺という出来事を受けての行為であるからだ。テクストの冒頭近くで早々と打ち明けられた娘の自死という出来事は、当然エツコに深い傷を与えたはずであり、過去へと向かう彼女の以後の語りの核になるだろうと読者は推測する。ところがここでエツコは、「今はケイコのことを詳しく語りたいとは思わない」(10) と述べ、自殺した娘のことではなく、その自殺がもたらしたニキの訪問という出来事によって図らずも蘇ってきたサチコの思い出について語り始めようとするのである。このとき、テク

『遠い山なみの光』における差異と反復

ストのほぼ全域にまで拡充されたエツコの過去の数週間の記憶が今後どのように展開していくのかが明らかになる。すなわち、エツコが娘の自殺という痛ましい事件に向き合おうとするとき、それはサチコという女性を媒介としておこなわれることになるはずである。

実際、1950年頃の夏の一時期の回想は、サチコと彼女の娘のマリコ（前者が30歳、後者が10歳くらいではないかと近隣住民は噂する）の母娘が、エツコと夫が暮らす長崎郊外のアパート近くに位置する一軒家に越してくるところから始まり、その数週間後にふたりが神戸へ移動することになった時点で終わりを迎える。良家の出であるサチコは、日本が第二次世界大戦に突入しようという時期に東京の名家に嫁いでマリコを生む。空襲で廃墟となった東京でサチコは米兵のフランクと出会うが、その後長崎に住む伯父のもとに寄食し、一年間同居したところで、エツコ宅の近隣に越してきたのだ。ところが東京から彼女を追ってきたフランクに誘われ、サチコは数日内に渡米することになったという。その話は結局流れ、困窮するサチコは、再度伯父と従姉が暮らす家に身を寄せることを決意する。どうやらフランクは信用のおけない人物であるらしく、サチコは過去にも彼の口約束に騙されたことがあるらしい。母娘が引っ越してしまう前の思い出にと、サチコとエツコは日帰りの小旅行を計画し、マリコを連れてイナサ山へ遊山に出かける。しかし旅行から戻って程ないある日、アパートの窓から一台のアメリカ車を見かけたエツコが不吉な思いにかられてサチコの家に駆けつけてみたところ、やはりサチコの姿は見当たらず、そこにいたのはマリコと見知らぬ女性——サチコの従姉のヤスコ——であった。その日の夜にエツコが再度サチコを訪ねてみると、慌ただしく荷造りをおこなっているサチコは、フランクの手配で神戸に移り、そこからアメリカに渡ることになったとエツコに告げる。

こうした一連の経緯は、すんなり読者に伝えられるわけではない。サチコとマリコの物語はいくつにも分断され、およその時系列に沿ってはいるものの断片として配置された個々のエピソードを読

者が辿っていくなかで、徐々に浮かび上がってくるという仕組みになっている。サチコとマリコの母娘にまつわる情報が分断されて提示されるひとつの理由は、その同じ夏、エツコ夫妻のもとに義父、つまり夫の父であるオガタさんが遊びにくるという出来事が同時並行的に起こっているからである。エツコは時制を同じくするオガタさんのエピソードを、サチコとマリコのエピソードの合間に挿入する。そこにもうひとつ、フジワラさんという年配の女性についての言及も、同じ時制に属する挿話として組み込まれる。しかしサチコをめぐる語りの断片と断片の間に挿入されるのはそれだけではない。これらの挿話の外枠に位置するニキの5日間の訪問中の出来事や、その間のニキとエツコのやりとりも、折々挟み込まれてくるのである。ニキの5日間の訪問を「フレーム・ストーリー」[8]とするエツコの回想は、厳密な因果関係で繋がれているわけではない、断片化された「多数の不連続なフラッシュバック」(Wai-chew 28)から成立していると要約することができるだろう。

　しかし拡大された数週間という時空間についてのエツコの語りの中心を占めるのは、もちろんサチコとマリコのエピソードである。幼い娘を連れて異国へ渡ろうとするサチコと同じ境遇を辿ることになるエツコは、回想のなかで徐々にサチコの分身と化していく。だが出会った当初のふたりは、むしろ対照的な位置づけにあった。エツコは、娘の幸福がもっとも大事であると言いつつも愛人のフランクを優先せずにはおれないサチコを、やんわりと非難する。フランクとのアメリカ行きを喜ばず、伯父の家に引っ越さないのかと何度も尋ね、マリコの子守を申し出る。娘を省みないサチコ、そのような母サチコに怒りを覚えるマリコ、家を飛び出すマリコを追うエツコというパターンが、変奏を伴いながら何度も反復される。

　こうしたパターンがあるとき反転し、がらりと異なる様相を呈することになる。その変化が見て取れるのが、サチコとマリコが渡米に向けて神戸に出立することになった前日の夜のシーンである。可愛がっていた子猫を、引っ越し先に連れて行けないという理由でサ

チコに殺されてしまったマリコは、またも家を飛び出す。戻ってこないマリコを探しに行ったエツコは、橋の向こう端でしゃがみこんでいるマリコを諭そうとする。

> 「どうしたの？」と私は声をかけた。「こんなところに座りこんだりして、どうしたの？」
> ・・・長い沈黙のあと、ようやくマリコは答えた。「行きたくない。明日行きたくない」
> 私はため息をついた。「でも大丈夫よ。初めてのことって、誰でもみんな少しはこわいものよ。でもあっちに行ったらきっと好きになるわ」
> 「行きたくない。それにあいつのことも嫌い。あいつ豚みたい」
> 「そんなこと言うもんじゃありません」私は怖い声を出した。一瞬互いの目が合い、それからマリコは視線を落として自分の両手を見た。
> 「そんなこと言ったらだめよ」私は落ち着いた声で言い直した。「あちらはあなたのこと大好きなの。新しいお父さんみたいになってくれるわ。何もかもうまくいくわよ。きっとね」
> 子供は何も言わなかった。私はまたため息をついた。
> 「とにかく」と私は口を開いた。「向こうに行って嫌だったら、私たちいつでも戻ってこれるのよ」
> 今度はマリコは顔をあげて、物問いたげに私を見た。
> 「本当よ。向こうに行って嫌だったら、私たちすぐに戻ってきましょう。でも私たちはまず行ってみて確かめないとね。私たち、きっと向こうのことが好きになるはずよ」
> （172-73）［強調筆者］

傍点を付した「私たち」という複数名詞は、大人が子供に話しかける際に子供との一体化を強調するかのように用いる we ではなく、すでに何人もの批評家が指摘しているように、「エツコとケイコの関係が、サチコとマリコの関係に置換されている」(Lewis 34) 結果であると捉えるのが妥当だろう。この点を踏まえることによって、

続く場面の重要性が際立ってくる。上記の引用のあと、エツコは一転、マリコにとって恐怖の対象に変貌するのである。

> 少女は私をじっと見つめていた。「どうしてそんなもの持ってるの?」
> 「これのこと? つっかけに引っかかってただけよ」
> 「どうしてそんなもの持ってるの?」
> 「今言ったでしょ。足にひっかかってたの。一体どうしたの?」私は少し笑った。「どうしてそんな風に私を見るの? 痛い目に合わせたりなんかしないのに」
> 私から目を離さないまま、彼女はゆっくりと立ち上がった。
> 「どうしたの?」私は繰り返した。
> 子供はいきなり走り出し、その足音は木製の橋の上で太鼓のような音を立てた。橋の向こう側に行きつくと立ち止まり、こちらを疑わしげに見やった。(173)[強調筆者]

ここでは「そんなもの (that, it)」という代名詞で置かれているが、エツコが手に持っている「それ」が縄であることは、読者には了解済みである。というのもテクストの前半部でこれとほぼ同じシーンが描かれており、上記の引用箇所は、既出のシーンの反復となっているからである。そのシーンでは、やはりマリコを追って川のほとりにやってきたエツコが、土手を歩いているうちに「足首に絡まってしまった」濡れて泥だらけの縄を手にして、マリコに近づいていく。そして「どうして縄なんか持ってるの?」「言ったでしょ。何でもないの。足にひっかかっただけ」という、上記の引用と類似のやりとりが繰り返された後、「恐怖の色」を浮かべたマリコが立ち上がって、闇のなかへ走り去っていくのである (84)。サチコを諫め、マリコを迎えに行ったはずのエツコは、いつの間にかマリコを手にかけようとする別のエツコへとずらされている。

　救うエツコから殺すエツコへの転化を目にするとき、ケイコの首吊り自殺を契機にエツコがなぜ過去の回想を始めたのか、なぜ

1950年頃のあの夏へと遡らなければならなかったのかという根本的な問題が浮かび上がってくる。その問題に対する答えは何か。それは、ケイコが自殺という不幸な最期を迎えることになったそもそもの原因は、自分がケイコにイギリス行きを強要したことにあるとエツコが考えているためである。ケイコの自殺後エツコを訪ねてきた娘のニキは、そっけない態度をとりつつも、ケイコの死はエツコの責任ではないという言葉をエツコにかける。しかしその慰めをエツコは受け入れない。「でもね、ニキ、最初からわかっていたのよ。こちらに来たらあの子は幸せにはなれないだろうって、初めからわかってたの。それなのにあの子を連れてくることにしたのよ」(176)。今まさに日本を離れてアメリカに連れていかれようとしているマリコという存在は、エツコにとって、あのとき自らが犯した／犯そうとしていた罪の在り処そのものである。

　従って、エツコの回想のなかで、マリコはあたかも此岸と彼岸の狭間にいるかのように、しばしば暗がりに横たわっていたり、闇夜のなかに駆け出して行ったり、川岸や橋のたもとにうずくまっていたりする。橋はこの世とあの世をつなぐ桟の象徴である。マリコの姿が見えなくなったある夜、川向こうは探したのかと問うエツコに、マリコはあちら側には行かないとサチコは言い張る。川向こうを避けているかのようなサチコを強く促して橋を渡り、向こう岸に降り立ってみると、少し先の川べりの草の上に何か塊のようなものがあって、サチコは「立ち止まったまま、その物体をじっと見つめて」いる。それは何かと問いかけたエツコの方を振り返って、「マリコよ」と静かに答えたサチコの目には「奇妙な表情があった」。そばまで近寄って、「横向きで膝をまるめてころがっている」マリコを見たエツコは、「最初彼女が死んでいるのかと思った」(40-1)。このシーンのサチコとエツコには、異常なまでに抑制された落ち着きが感じられる。ふたりは死体のようなマリコを魅入られたように見つめる。無意識を舞台化したようなこの場面から透けて見えるのは、倒れているマリコを見た刹那、彼女の死を期待したエツコ／サ

チコの黒々とした欲望である。
　黄泉の国へと連なる橋を渡るとき、それはエツコとサチコの同一化が完成するときでもある。マリコの疑似的な死の瞬間に立ち会ったエツコは、エツコ本人が意識していなかった自らの欲望に遭遇する。サチコは心のどこかでマリコを足手まといだと感じている。エツコのなかにも、ケイコに対して同様の気分があったのだろうか。それともケイコを殺したという罪の意識が、止みがたくエツコを罪の現場へと引き戻すのだろうか。「壊れやすい、感覚のない人形」のようにサチコに抱きかかえられたマリコは、あたかもエツコの不安を見透かしているかのように、エツコのことを「疑わしげ」に見る。

> マリコは水たまりのなかに横たわっていたので、短い服の片側が泥水でぐっしょり濡れていた。腿の内側の傷から血が流れ出していた。
> 「どうしたの？」サチコは娘に聞いた。「何があったの？」
> マリコは母をじっと見ていた。・・・
> 「すごく心配したのよ、マリコさん」私は言った。少女は私を疑わしげな目で見ると、顔をそむけて歩き出した。（41-2）［強調筆者］

縄を手にマリコに近づいていった先述の場面と同様、ここでもまた反復されるマリコの「疑わしげな」視線は、エツコの不安を増幅させ、その不安はマリコと死を連結させるイメージの連鎖をよび、エツコのもとに回帰する。マンチェスターのアパートで首を吊って命を絶ったケイコのことを頭のなかから追いやることができず、「気がつけば、娘が自室で何日も何日もぶらさがっていた光景を想像している」(54)エツコに、ふたつの強烈なイメージがとりついて離れない。ひとつは縄のイメージ、そしてもうひとつは、「ある女のひと」のイメージである。
　回想のなかのエツコに取りついた縄のイメージは、回想の外枠

のエツコが見る夢と共鳴する。ニキの5日間の滞在中に、エツコはある嫌な夢を繰り返し見るようになる。きっかけはニキの滞在3日目に母娘で散歩の途中に見かけた「公園でブランコに乗っている女の子」(47) の姿である。翌日の夜、その少女がエツコの夢に現れる。そのさらに翌日、ニキの滞在の最終日にも、エツコは同じ少女の夢を見る。

> 「昨日も言ったけど、あなた聞いてなかったのね。あの女の子の夢をまた見たの」
> 「どんな子？」
> 「この間見かけたブランコに乗ってた女の子よ。村でコーヒーを飲んだときに」
> ニキは肩をすくめ、「ああ、あの子ね」と顔も上げずに言った。
> 「でも実はね、あの女の子なんかじゃなかったの。今朝そのことに気づいたわ。あの子だと思ったのだけど、そうじゃなかったの」
> ニキは再び私を見てから、おももろに言った。「あのひとだったって言いたいんでしょ。ケイコだって」
> 「ケイコですって？」私はちょっと笑った。「なんておかしなこと考えるの？ どうしてケイコなの？ 違うわ。ケイコとは何の関係もないわ」
> ニキはよくわからないといった様子で私を見ていた。
> 「なんでもないの、昔知ってた女の子、ずいぶん前のことよ」
> 「どの子？」
> 「あなたの知らない子。ずっと前に知っていた子よ」(95-6)

ブランコに乗っている女の子の夢が「嫌な夢」になる理由は、ブランコの縄が、エツコの足に絡まった縄を連想させ、女の子がマリコへとずらされるからである。エツコはこの夢とケイコの関係を否定しているが、女の子が乗っているブランコの縄は、ケイコが首を吊ったロープへと、たやすく置換されるだろう。実は上記の引用には続きがある。ニキに夢の話をしたあと、エツコは次のように言葉を続けるのである。

「実は今朝ちょっと気づいたことがあって。あの夢のことでちょっとね」
娘は聞いていないようだった。
「あのね、その女の子はブランコになんか乗ってなかったのよ。最初はそう思えたんだけど。でも乗ってたのはブランコじゃなかったの」(95-6)

ブランコでなく何に乗っていたのかは空白のまま留め置かれているが、それがケイコの自殺のシーンを連想させる何かであるということは、少女とケイコとマリコを繋ぐイメージの連鎖、すなわち縄のイメージから演算的に類推できるはずである。

　エツコの回想のなかで反復される縄が、輪郭の定かでない、茫漠とした彼女の不安を表す客観的相関物の役割を担っているとするならば、それと同様の機能を果たすもうひとつの存在が、「ある女のひと」である。マリコはエツコに、「川向こうに住む女のひと」から一緒に家にくるように誘われたと話す。それを聞いたエツコは、以前に自分がマリコを家に誘ったことを思い出し、マリコがエツコとその「女のひと」を混同しているのではないかと考えるが、マリコはエツコとは「べつの女のひと」(18) だったと言い張る。しかもその女のひとが来たのは一度きりではないらしい。マリコは母のサチコに、「またあの女のひとが来たよ」と訴える。「あの女のひとが夕べまた来たよ。あたしを家に連れて行くって言ってたよ」(27)。この女のひととは誰なのか、エツコはサチコに問いただすが、サチコはマリコのでっちあげだといって取り合わない。だが何度もマリコが口にする自分を連れにくる「女のひと」は、何度も彼女を探しに行くエツコに、嫌がるケイコをイギリスに連れて行こうとしたエツコの姿に重なり合ってくる。回想のなかのエツコは、自分とその「女のひと」の同一性を疑い始めている。

　マリコの口を通して何度も反復される「女のひと」はまた、サチ

コを経由してエツコに重なり合ってくる。「女のひと」の存在を否定していたサチコが、別の折に、それは昔マリコが目撃した女性だとエツコに打ち明ける。戦時中、マリコがもっと幼かった頃、川に赤ん坊を沈めて殺し、その後自殺した若い女性のことである、と。あの女のひとがきたよ、お母さんも見たんだ、だからおばさんに子守りを頼んだんだよ、とマリコは言う。おばさん、この猫飼ってよ。マリコは何度も言う。お母さん、猫飼ってもいいって言ったじゃない。覚えてないの？　言ったじゃない。苛立ちの限界に達したサチコは、ついに子猫を木箱に入れて川に浸ける。子猫は暴れる。箱が浮いてこないように、サチコは力をこめて押さえつける。袂が泥水に浸かってぐっしょりと濡れている。殺された赤ん坊、殺される子猫、川向こうで服の片側を泥水でぐっしょり濡らして倒れていたマリコ、イメージは連鎖する。マリコを連れて行こうとしている女のひととは、昔赤ん坊を殺した女性なのかもしれない。あるいはサチコのことなのかもしれない。あるいはまた、サチコの横で、サチコが子猫を殺すところを見ていたエツコなのかもしれない。

　そしてエツコの不安が最高潮に達したとき、その女のひとにもうひとつ別の解釈が与えられる。それは具体的にいつのことかというと、マリコの渡米が確定したとき、すなわちマリコ／ケイコの死が決定したときである。回想の終盤部、語り手エツコは突然あの夏に起こった恐ろしい事件——木に吊るされていた幼女の死体が近隣で発見された——を思い出す。ちょうどそのとき、以前見たことのある白いアメリカ車を窓から目撃したエツコは、

> 何らの挑発を受けたわけでもないのに、あのぞっとするようなイメージがいきなり頭に浮かび、気持ちがかき乱されて、窓際を離れた。家事に戻ってそのイメージを頭から追い払おうとしたが、それをすっかり追いやって、あの白い大型車がまた現れたことについて思いをめぐらすことができるまでには数分を要したのだった。

(157)［強調筆者］

「いきなり」とエツコは言うが、「白い大型車」から木に吊るされた幼女への連想は故の無いことではない。このアメリカ車は、夏の初めにサチコが引っ越してきたとき、彼女を運んできた車と同じものである。つまり再び現れたこの車は、フランクの到来を予想させる。サチコとマリコのアメリカ行きについて、これまでと同様、今回も土壇場になってフランクが雲隠れし、結局は不首尾に終わるだろうと、エツコはどこかで高を括っていたのかもしれない。しかし今やフランクがやってきてしまった。マリコはアメリカに連れて行かれることになるだろう。それは彼女の死を意味する。呆然としたエツコがしばらくしてから窓の外を見ると、ひとりの女性がサチコの家に入っていくのが見える。

> 少しの間、私はどうすればよいかわからず、窓辺にたたずんでいた。それからようやくつっかけを履いてアパートを出た。一番暑い時間帯で、干上がった空き地を横切っていく時間が永遠のように思われた・・・そのとき家のなかから声が聞こえてきて、思わずはっとした。声の主のひとりはマリコであったが、もうひとりの声が誰なのかはわからなかった。玄関に近寄ってみたが、話の内容までは聞き取れなかった。少しの間、私はどうすればよいかわからず、その場にたたずんでいた。それから引き戸を開けて呼びかけた。話し声が止んだ。私は一呼吸おいてから、なかへ入った。(157)［強調筆者］

頭のなかが真っ白になるほどの熱射。鉛のように重く動かない足。反復による既視感。まるで夢のなかのような時空間を抜けて「ひんやりとした薄暗い」家の内に入っていくと、そこにいたのは「歳のころ70くらいの」老女である。マリコと向かい合って座っているその女性は、サチコの従姉のヤスコだと言う。フランクとのアメリカ行きが叶わなかったときには、サチコとマリコは、伯父と従姉の

ヤスコが暮らす家で世話になることになっていたはずだ。そのヤスコがふたりを迎えにきたのである。しかもヤスコの家は広いので猫を連れてきてもいいと言う。フランクとアメリカに行くことは、マリコにとって死を意味する。「ある女のひと」がエツコであってもサチコであっても、戦時中に川辺で見かけた女のひとであったとしても、マリコにとっては死を意味する。ではヤスコがその女のひとであったなら、それは結局のところマリコにとっての救いとなるのだろうか。

だがここで現れたヤスコは、エツコがサチコとの会話から思いめぐらしていたヤスコ像とは随分違っているようである。エツコが想像していたヤスコは、サチコより少し年上の30代くらいの女性であったのに、この女性はもはや老女である。「顔が細く蒼白」で、「一般に葬式のときに着用するような黒い地味な着物を着て」(158)いる。実際に葬式に行った帰りだと言う。同居している彼女の父親は、家がひっそりと静まり返って、まるで「墓」(161)のようだと寂しがっているので、ヤスコとしては、サチコとマリコにぜひ家に来てほしいと考えている。この女性は、果たしてサチコが語っていたヤスコなのだろうか。それともエツコを襲った不安の極致が、今ここにいるヤスコというフィクションを生み出したのだろうか。たしかに彼女は穏やかで、縄を手にマリコを脅かしたりはしない（彼女が携えてきたのは毛糸で編んだカーディガンである）。猫を殺したりもしない。だがたとえこの女のひとがヤスコであったとしても、彼女もまた、マリコを死へと誘うイメージの一変奏にすぎないように思われる。

娘ケイコの自殺を契機として呼び起されたエツコの後悔を、ケイコ／マリコの幼児期に集約的に向かわせることで、このテクストはエツコの回想を異常なまでに拡大してきた。回想を貫く反復の原理は不気味なイメージの連鎖を呼び、その増幅されたイメージで拡大されたエツコの語りを充たしていく。その結果、この拡充されたエツコの回想部はたしかに、このテクストの中心に位置する巨大な空

隙を覆い隠すようにテクストの前面に拡がっている。しかし原因の追究ではなく、結果の追跡に焦点を当てるこのテクストは、渡英後のエツコに無関心なわけではない。それどころか、回想部で顕著に見られた反復の原理は、確実にテクストの前半部と後半部、あるいは回想部とその枠組とを繋ぐ原理として働いている。たとえば前半部のクライマックスとも言うべきシーン——不安の極致に達したエツコがサチコの家に駆けつける場面——において現れた＜扉を開ける＞というモチーフは、後半部において再び現れ、反復されている。ニキの訪問5日目の朝、ブランコの少女の夢を見たエツコは明け方に目を覚ます。目を閉じると、マンチェスターのアパートでケイコが自死した部屋の扉を家主が開ける光景が、彼女の瞼の裏に浮かぶ。ニキを起こさないように静かに起き上がり、手洗いに行ったエツコは、

> 浴室を出ると、踊り場のところでしばらくたたずんでいた。階段をはさんだ廊下の突き当たりに、ケイコの部屋の扉が見えた。その扉は相変わらず、ぴったりと閉ざされていた。扉をじっと見つめてから、歩を進めた。気づいたら扉の前に立っていた。そのうち、なかでかすかな音が聞こえたような気がした。しばらく耳をそばだててみたが、音はそれきり聞こえなかった。私は手をのばして扉をあけた。(88)

マンチェスターのアパートを訪れていないエツコは、首を吊ったケイコのイメージを、何度も何度も想像する。その反復が飽和状態に達したとき、エツコはついにケイコの部屋の扉を開けてしまう。だがその部屋は、ケイコが自殺をした部屋ではない。ケイコがマンチェスターで独り暮らしを始める前に家族と一緒に住んでいた家の、ケイコの自室である。幼いケイコをイギリスに連れて行こうとした地点がエツコにとっての犯行現場、ひとつのプライマル・シーンだとすれば、実はこの自室もまた、エツコにとってのもうひとつ

の犯行現場となる。なぜならエツコは、二度ケイコを「捨てている」からである。

　エツコのなかでは、ケイコをイギリスに連れて行ったときが彼女を殺害した瞬間だと認識されているが、それは言葉を換えればケイコを「捨てた」瞬間である。日本を離れ、シェリンガムと一緒にイギリスに来ることにしたエツコの選択を、ニキは英断であったと讃えるが、エツコはその見解に納得しない。

> 「多くの女性が子供とつまらない夫に縛られて、みじめなだけの生活を送ってる」とニキは言った。「なのに一歩踏み出す勇気がないんだわ。そのまま残りの人生を終えるのよ」
> 「なるほど、だから子供を捨てるべきだって言いたいのね、ニキ」
> 「またそんなこと。わかるでしょ、あたしが言いたいのは、人生をただ無駄にしてしまうなんて哀れだってことよ」(90)

渡英後のケイコはおそらく不幸な年月を過ごしたのだろう。マンチェスターにひとりで引っ越す前の数年間、彼女は部屋に引きこもって、家族と断絶した生活を送る。そしてついに家を出て行こうとしたとき、そのケイコを、エツコは「捨てる」のである。

> 今となっては、ケイコに対してとった態度が悔やまれるばかりだ。大体この国では、あの年頃の娘が家を出ていきたがるのはありがちなことなのだから。あの子がついに出て行ったとき——もうかれこれ6年近く前になるけれど——私としては、出ていくならもうこれで縁が切れたものと思いなさいと言うことくらいしかできなかったのだ。(88)

6年間不通であったケイコについて届いた知らせは、彼女の自殺を告げるものである。ケイコをイギリスに連れてきたときが、いわばエツコが犯した最初の犯行のときだったとするならば、引きこもっていたケイコを絶縁の言葉とともに捨て去ったときは、二度目の犯

行のときとなるだろう。そのケイコの部屋を開けるということは、犯行の現場に戻ることを意味する。緊迫の一瞬を経て扉を開けると、なかから聞こえたと思った音は錯覚で、「部屋は灰色の光のなかでがらんとして見えた」。そこにあったのは「シーツが一枚掛けられただけのベッド。白い鏡台。そして床の上には、ケイコがマンチェスターに持っていかなかったものを詰めたいくつかの段ボール箱」(88-9) が置かれていただけであった。その様子は、ケイコがこの家で暮らしていた頃とは似ても似つかぬものである。当時の彼女の部屋は、「ひどい状態だった」。

> むっとするような香水と汚れた肌着やシーツの臭いが部屋から漏れ出してきて、たまに部屋の中がちらっと見えたりすると、床には衣類の山が積み上げられ、その隙間につやつやした表紙の雑誌が無数に散らばっていた。(54)

ケイコが出ていく前の、空気が淀んだ乱雑な部屋と、出て行ったあとの殺風景なほどに整理された部屋の対照的な様は、反復の連鎖が断ち切られることの予兆になりえていると考えてよいのだろうか。

少なくともこのあと、エツコの態度にこれまで見られなかった変化が生じている。いつもは軽い諍いへと発展してしまうニキとの会話が、エツコの笑いで閉じられるのである。ニキが今朝早く音をたてていたのはエツコだったのかと問いかけたとき、

> 「そういえば、今朝のあれはお母さんだったんでしょ」
> 「今朝のって？」
> 「朝方音がしてたけど。すごく早い時間、4時頃に」
> 「ごめんなさい、起こしてしまって。そうよ、あれは私よ」そう言うと、私は笑い出した。「ねえ、一体誰だと思ったの」笑いが止まらず、しばらくそのまま笑い続けていた。(94-5)

エツコはなぜ笑ったのか。その答えを特定することはできないだろ

う。だがひとつ言えることがある。それはエツコにしては珍しいこの笑いが、回想のなかのサチコの、同様に稀な笑いを想起させるということである。子殺しのイメージが充満したエツコの回想において、少なからぬ頁を割いて語られるイナサ山への日帰りの小旅行の記憶は、闇に包まれた家屋の暗がりや、夜の帳が下りた川辺の湿地、あるいは真夏のぎらつく光線が前景を埋め尽くすこのテクストのなかで、他とは異質の柔らかな明るさを帯びている。いつもはマリコを構いつけないサチコが、その日は終始優しい態度をとっていた。そして彼女はとてもよく笑った。屋台のくじ引きで、マリコが三度も挑戦した挙句にようやく一等を当てたとき、サチコは「あまりに笑いすぎて、涙がでるほどだった」(123)。ヤスコの家に越していくとき、この一等で当てた箱に猫を入れて持っていきたいというマリコに、サチコはそうねと答え、「頭をぐいとそらすと、また笑い始めた」(124)。もちろんこのイナサ山への遠足のシーンに、楽しい思い出に影を落とす要素がなかったわけではない。山で出会ったブルジョア風の親子の言動は、サチコとマリコの立ち位置の不安定さを逆照射するし、よそいきの美しい着物を着て、通りすがりのアメリカ人と流暢な英語で会話するサチコの闊達な華やぎは、エツコの心にさざ波を立てる。マリコがくじで引き当てた箱に、結局サチコは子猫を入れて殺してしまう。しかしエツコが言うように、「記憶はあてにはならないものだ」(156)。出来事は篩にかけられて記憶となり、その記憶もまた、反復を繰り返すなかで色を変えていく。「身体にできた傷と同じように、恐ろしいほど心をかき乱す出来事とも、うまく付き合っていくことができる」(54)のかもしれない。ニキがロンドンに戻る日、エツコはこの家はひとりで住むには広すぎるから、手放すことになるかもしれないとニキに言う。ロンドンのにぎやかな暮らしになれたニキが、この静かな郊外の家に戻ってくることはないだろう。ちょうどオガタさんが広すぎる家を売ったように。エツコとジローは別居して、その家には戻らなかったから。反復がテクストを支配する。因果関係を超えて、この

テクストを成立させている。だからこそ、あえてこのテクストを差異で締めくくろうとしたイシグロの意図には重要な意味が込められていると考えたい。

　エンディングの場面では、もうこの家に戻ってくることはないであろう娘のニキに、これまで慣習に沿った生き方を勧めてきたエツコが、それとは違う言葉をかける。「あなたが一番いいと思うように生きなさい」(181)。そして遠い過去の、「港の上の山並みがとても美しかった」あの日の旅行の思い出を口にする。「何も特別なことはなかったのよ。ただ思い出しただけ。あの日はケイコも幸せだったわ。私たち、ケーブルカーに乗ったのよ」(182)。そしてエツコは笑ってニキのほうを振り返る。あの遊山のとき、ケイコはまだ生まれていなかったのであり、マリコを「ケイコ」と言い間違えたエツコの心の闇を指摘する批評はいくつもある。[9]だが果たしてそうだろうか。この言い間違えは、イナサ山への旅行の時点に立ち戻れば確かに不自然であるが、この言葉を発した今のエツコの心情に即するならば、ケイコという呼び名こそがふさわしいのではないか。ニキを送り出した言葉は、昔ケイコが家を出て行くときにエツコが発した言葉を塗り替える。ニキを見送るエツコは、回想のなかで手に縄を持ってマリコを迎えに行ったエツコとは違う。あのとき、近づいて行こうとしたエツコから逃げ出したマリコは

> 橋の向こう側に行きつくと立ち止まり、こちらを疑わしげに見やった。私がマリコににっこり笑いかけながらカンテラを取り上げると、子供はまた走り始めた。(173)

今エツコは、旅立っていくニキの後ろ姿を門のところから見送っている。振り返ったニキに、エツコは「にっこり笑って手を振った」(183)。このエツコの笑顔の裏に、反復される不安への恐れを読み取る必要はないのかもしれない。

注

[1] *A Pale View of Hills* については *PVH* と省略し、以下本論では頁数のみ記す。

[2] *Never Let Me Go* については *NLMG* と略記する。

[3] 彼の作品、とりわけ最初の三作『遠い山なみの光』、『浮世の画家』(*An Artist of the Floating World*)、『日の名残り』(*The Remains of the Day*) に言及する批評には、「見事なまでに抑制された」(Holmes 11) といった表現に類する言辞が常套句のように見出される。イシグロはあるインタヴューで、日本人女性を語り手とする処女作において、語り手の声が「入念に構築されている」という讃辞を受け、続く二作目の『浮世の画家』では、語り手は日本人であることを除いて、前作とまったく異なる人物であるにもかかわらず、好意的な批評の多くが相変わらず語り手の声を讃辞しており、声の構築に意識的ではなかった彼も、「ついにこれはやはり自分の何かに関わることではないかという結論に至」らざるをえなかったと告白している。「何か」というのは、日本人の血を引くという彼のバックグラウンドのことを指す (Guignery 50)。

[4] たとえば Bennett は、エツコが彼女の物語の主要部を「見過ごしている」(Bennett, 84) と述べている。Beedham は、エツコが祖国を離れることになった動機を、イシグロが「弁解や自己正当化を繰り返しおこなう」という形で示しているという Norman Page の見解を評価しながらも、しかし Page は渡英の理由を示し得ていないと指摘している (Beedham, 14)。イシグロ本人もいくつかのインタヴューで、この空隙に言及している。たとえば Mason とのインタヴューではこの空隙を 'gap' と呼んでいるし (Mason 5)、Swaim によるインタヴューでは、この空白に関する執筆時の構想を、'powerful vacuums' や 'black holes' という言葉を用いて、さらに詳しく語っている (Swaim, 97)。

[5] この空隙を、Lewis や Wong は長崎への空爆という観点から説明しようとする。イシグロは、「アウシュビッツや原爆や戦争に言及することで、小説に安易な重みを加える」こと、そうした言及によって「もとはただの陳腐な物語にすぎなかったものが、いきなり重要性を主張し始める」ことについて、不安や疑問を感じていたと告白している (Gallix 140-41)。

[6] Beedham は、この点を指摘した批評をいくつか列挙している。この間隙を、テクストに散見される「沈黙」の一例として着目するもの、欠

点とみなすもの、そこに戦争という背景を読み込もうとするものなどが挙げられているが、そのどれも、この空隙とテクストの成立との関係にまで踏み込んだ議論はおこなっていない。Forsythe は 'ambiguity' という表現を用いて、このテクストの説明の欠如に言及している (Forsythe 99)。

[7] たとえば Lewis 20 頁参照。
[8] ここでの frame story という用語は、Sim (p. 28) や Lewis(p. 37) に準拠する。
[9] たとえば、Sim (p. 31)、Lewis (p. 36) を参照。

引用文献

Beedham, Matthew. *The Novels of Kazuo Ishiguro*. Houndmills: Palgrave Macmillan, 2010.

Bennett, Caroline. "'Cemeteries Are No Places for Young People': Children and Trauma in the Early Novels of Kazuo Ishiguro." *Kazuo Ishiguro: New Critical Visions of the Novels*. Ed. Sebastian Groes and Barry Lewis. Houndmills: Palgrave Macmillan, 2011. 82-92.

Brooks, Peter. *Reading for the Plot: Design and Intention in Narrative*. Cambridge: Harvard UP, 1992.

Forsythe, Ruth. "Cultural Displacement and the Mother-Daughter Relationship in Kazuo Ishiguro's *A Pale View of Hills*." *West Virginia University Philological Papers* 52 (2005): 99-108.

Gallix, François. "Kazuo Ishiguro: The Sorbonne Lecture." 1999. *Conversations with Kazuo Ishiguro*. Ed. Brian W. Shaffer and Cinthia F. Wong. Jackson: UP of Mississippi, 2008. 135-55.

Guignery, Vanessa ed. *Novelists in the New Millennium: Conversations with Writers*. London: Palgrave Macmillan, 2013.

Holmes, Frederick, M. "Realism, Dreams and the Unconscious in the Novels of Kazuo Ishiguro." *The Contemporary British Novel*. Ed. James Acheson and Sarah C. E. Ross. Edinburgh: Edinburgh UP, 2005. 11-22.

Ishiguro, Kazuo. *A Pale View of Hills*. London. Faber and Faber, 2005.
―――. *Never Let Me Go*. London. Faber and Faber, 2005.

Lewis, Barry. *Kazuo Ishiguro*. Contemporary World Writers. Manchester:

Manchester UP, 2000.

Mason, Gregory. "An Interview with Kazuo Ishiguro." 1986. *Conversations with Kazuo Ishiguro*. Ed. Brian W. Shaffer and Cinthia F. Wong. Jackson: UP of Mississippi, 2008. 3-14.

Matthews, Sean. "'I'm Sorry I Can't Say More': An Interview with Kazuo Ishiguro." *Kazuo Ishiguro: Contemporary Critical Perspectives*. Ed. Sean Matthews and Sebastian Groes. London: Continuum, 2009. 114-25.

Mullan, John. "On First Reading *Never Let Me Go*." *Kazuo Ishiguro: Contemporary Critical Perspectives*. Ed. Sean Matthews and Sebastian Groes. London: Continuum, 2009. 104-113.

Sim, Wai-chew. *Kazuo Ishiguro*. London: Routledge, 2010.

Swaim, Don. "Don Swaim Interviews Kazuo Ishiguro." 1990. *Conversations with Kazuo Ishiguro*. Ed. Brian W. Shaffer and Cinthia F. Wong. Jackson: UP of Mississippi, 2008. 89-109.

Wong, Cynthia F. "The Shame of Memory: Blanchot's Self-Dispossession in Ishiguro's *A Pale View of Hills*." *CLIO* 24 (1995), 127-45.

あとがき

　出版社が英宝社に変わって2冊目となる『英国小説研究』第25冊がめでたく刊行されました。第24冊は同人解散の危機を経て前冊から4年という異例の期間をおいて出版されましたが、第25冊は通例どおり前冊から2年後の刊行となりました。校務や学会業務でお忙しい中、充実した論文を期限内にお寄せいただいた執筆者の先生方に感謝いたします。

　今回の『英国小説研究』にも、近年の文学研究へのアプローチの多様性を反映した多彩な論文が集まりました。18世紀の出版文化の活況を生き生きと伝える論考から始まり、ディケンズ、ハーディ、フォースター、そしてイシグロというイギリス小説の王道と言っても差し支えない作家たちと正攻法で取り組んだ力作が並んでいます。多様なアプローチと時代的な広がりという点で、『英国小説研究』第25冊は、あまたある文学論集の中でも出色のものであると自負しております。

　前冊出版後に、井石哲也、金谷益道、金子幸男、中和彩子、原田範行、松井優子、向井秀忠、米本弘一の8先生が新たな同人として加わり、同人の数はちょうど40名となりました。今回、井石先生と金谷先生から寄せられた新鮮かつ刺激的な論文のおかげで、『英国小説研究』が扱う研究対象の幅がさらに広がりました。大学における文学研究を取り巻く環境はますます厳しくなっているにもかかわらず、同人の先生方によってこれだけレヴェルの高い論文が生み出されていることに、今回も大いに勇気づけられました。

　かれこれ10年近く英国小説研究同人の編集幹事を務めてまいりましたが（2006年から2007年にかけてロンドンで在外研究中は大学の同僚である大田美和先生に代理をお願いしました）、このたび中央大学から2度目の在外研究期間を与えられダブリンに出かけ

ることになりましたので、次冊から編集幹事の役割を駒澤大学の川崎明子先生に代わっていただくこととなりました。この場を借りて重責をお引き受けいただいた川崎先生にお礼を申し上げます。今後も同人の皆様には編集幹事へのご協力のほどどうぞよろしくお願いいたします。

　最後になりましたが、今回も『英国小説研究』の出版をお引受けくださった英宝社社長佐々木元様、および編集の労をとっていただいた宇治正夫様に心より感謝申しあげます。ご尽力に報いるために、これからも『英国小説研究』をさらに充実した内容の冊子とするよう同人一同努めたいと存じます。

（丹治竜郎）

『英国小説研究』同人氏名

名誉同人　宮崎　芳三

鮎澤　乗光	片山　亜紀	武田　将明	原　英一
伊勢　芳夫	金谷　益道	武田　美保子	原田　範行
井石　哲也	金子　幸男	玉井　暲	廣野　由美子
上原　早苗	川崎　明子	丹治　竜郎	福岡　忠雄
鵜飼　信光	河崎　良二	長島　佐恵子	松井　優子
内田　正子	久野　陽一	永富　友海	向井　秀忠
海老根　宏	坂本　武	中和　彩子	森松　健介
大石　和欣	鈴木　建三	新妻　昭彦	結城　英雄
大田　美和	鈴木　美津子	新野　緑	米本　弘一
御輿　哲也	仙葉　豊	服部　典之	

連絡先　〒192-0393　東京都八王子市東中野742-1
　　　　　　　　　　中央大学文学部
　　　　　　　　　　英語文学文化専攻　　丹治竜郎
　　　　　　　　　　ttanji@tamacc.chuo-u.ac.jp

英国小説研究(第25冊)

2015年5月15日　印　刷
2015年5月20日　発　行

著　者——『英国小説研究』同人

発行者——佐々木　　元

発行所——㈱英　宝　社
　　　　　〒101-0032
　　　　　東京都千代田区岩本町2-7-7 第一井口ビル
　　　　　(TEL) 03(5833)5870
　　　　　(FAX) 03(5833)5872

印刷——㈱マル・ビ

定価(本体1,800円+税)

©Eikoku-Shousetsu-Kenkyuu Doujin 2012, Japan
ISBN978-4-269-72136-4 C3098